150 年歷史的 哈佛寫作課祕訣

讓哈佛學生一生受益的寫作課程，
贏得讀者信賴、提升文章價值的
「O.R.E.O MAP」寫作法則

宋淑憙 著
陳品芳 譯

本書是以數十年來各公家機關、大小團體與國營企業、大學惠賜的寫作教學機會，以及在推行「哈佛寫作法課程」的過程中，學生所提供給我的回饋、建議與各種提問為基礎，深入研究後撰寫而成。謹將本書獻給與我一同在寫作課程中投資寶貴時間的所有人。

「寫作的困難之處，不在於書寫，而是在於如何寫出你的想法；也不在於影響讀者，而是在於如何依你所想地準確影響對方。」

——羅伯特·路易斯·史蒂文森[1]

① 英國文學代表性作家之一，知名小說作品包括《金銀島》、《化身博士》。

序

哈佛大學創下二十萬次點閱的祕密

各位今天好嗎？我是一位寫作教練，我的工作就是教導寫作者如何進行邏輯思考與條理論述。本書統整我在寫作教育第一線傳授給學生的「有邏輯地敘述、傳達個人意見的技巧」，這也是哈佛大學從一百四十八年前流傳至今的重點寫作技巧。哈佛大學寫作課程的目標在於「培養邏輯思考能力」，因為邏輯就是所有思考的基礎，也是取得個人與社會上成功的基礎，無論主修為何，哈佛學生在校期間都會花費超過四年時間學習寫作。而在這本書中，你也將學習到能順暢傳遞訊息、讓自己的想法更有說服力的短文寫作技巧。

書中主要介紹「O·R·E·O MAP」這種「寫作工具」，並完整說明哈佛大學所推動的寫作課程重點。這個寫作工具的目的，在於幫助寫作者根據邏輯去分配

（mapping）想法和資料，建立有說服力的訊息框架，同時也濃縮、精簡了規劃寫作主題的過程。我們可以運用這個工具快速抓住文章重點，也能按照自己理想的方向寫出有影響力的文章。

如果無法受矚目，就只好離開

現代信用卡公司內部規定員工不能使用 Power Point，因為他們認為 Power Point 會讓人成為不知變通的傻瓜，他們也沒有時間讓各部門的員工報告個人工作內容，而是以口頭或電子郵件來報告，這是為了可以更快、更有效率地做出決定。

全世界最頂尖的網路企業亞馬遜，在開會時同樣也不能使用 Power Point。亞馬遜的會議資料必須是六頁左右的陳述式文件，管理階層相信，這樣才能幫助大家用更具體且明確的方式思考和做決定。

這兩間企業要求員工採用的溝通方式，都需要迅速傳達重點的思考能力與寫作技巧，強調這種溝通方式的企業文化曾經被視為特例，但現在卻成了企業得以生存的標竿管理方式。韓國從二〇一八年七月一日開始實施每週五十二小時工時制，也因此，上班族需要能更快、更正確地傳達訊息的溝通能力。流暢的思考能力，以及能迅速傳達重點的寫作技巧，已經成了一個人能否在職場生存的標準。

如果主題明確，寫作就不成問題

這本書不同於其他寫作書，是將重點放在「寫作主題」上。訓練自己透過創意思考發想寫作主題，就是哈佛學生在寫作課最先學到，也是最重要的事。

大部分與寫作相關的問題，都是來自於無法建立起主題，或是要傳達的訊息不夠明確；但只要熟悉如何運用O·R·E·O MAP歸納出邏輯分明的訊息，「寫作」就不成問題。

透過本書，能夠透過O·R·E·O MAP建立寫作主題，並學習像哈佛學生一樣，用有邏輯且條理清晰的方式將內容呈現給讀者。透過本書學會寫作的兩個重點——「創造主題」、「傳遞訊息」之後，就可以套用到所有寫作的情況當中，你很快就能擁有如哈佛學生一般快速傳達重點的寫作能力。

O·R·E·O MAP有三大特色：

❶有效

O·R·E·O MAP可以幫助你擁有批判性思考及邏輯思維，進而寫出有說服力的文章，並能讓你在任何情況下有邏輯地思考。

❷ 省力

你可以透過O・R・E・O MAP找出能迅速傳達文章核心價值的訊息。只要準備好寫作主題，寫作就不成問題。利用這個工具，你就不會浪費自己的想法和表達能力，能使用更有說服力的聰明溝通技巧。

❸ 通用

只要懂得使用O・R・E・O MAP，就不需要分別學習不同類型文章的寫作方法。你可以透過這項工具輕鬆創造出語言、文字、像TED一樣的演說、簡報、會議、協商等各種「有說服力的訊息」，在職場與商業談判中派上用場。

迅速傳達重點的哈佛寫作技巧

本書的目的，在於幫助那些需要在業務和工作中運用到寫作技巧的人，以及希望在日常生活中更快增進寫作實力的人。

「O・R・E・O MAP」是以哈佛大學教授的寫作技巧為基礎所開發的工具，讀者只要熟悉這一項工具，就能快速完成報告、企劃、提案、發表資料、信件、新聞稿、演說講稿等商業上需要的各式文章，也能輕鬆快速寫出部落格文章、網頁內容、LinkedIn個人檔案、社群平臺文章等，足以成為個人成功關鍵的內容。

只要學會能快速傳達重點、讓讀者立即獲得必要資訊的O・R・E・O MAP，就能讓你的文章像作家一樣精彩，文筆像專業報導一樣有說服力。如果能夠自由運用O・R・E・O MAP，你就能在這個缺乏時間、缺乏注意力的時代獲得理想的成果，並且更快取得成功。

我從二〇〇九年起開始推動「哈佛式寫作課程」，開始將O・R・E・O MAP的使用方式推廣給那些為寫作而苦的人，成功讓他們在面對任何文章時都能手到擒來，包括了：

・必須透過寫作展現思考能力的上班族
・必須在網路上打響知名度的專業人士
・必須透過網路吸引顧客的中小型業者
・每一行自我推薦都得用血淚灌溉的待業人士
・準備離職，想靠寫作來討生活的上班族
・為了升遷與加薪，正在準備筆試的中階主管
・所有工作一手包辦的一人公司
・在網站上處理客訴的客服人員
・很想寫出好文章，但光是要學習正確格式就心力交瘁的人

現在輪到你發光發熱了！哈佛學生花費四年、超過二十萬美元學費學習的寫作技巧大揭密！傳承將近一百五十年的哈佛大學寫作祕訣，全都囊括在本書中。期待各位都能

像哈佛畢業的學生一樣，抬頭挺胸地以自己的想法說服別人，成為能夠快速解決問題的溝通達人。

美國第一位諾貝爾文學獎得主辛克萊・路易斯曾受邀到母校哈佛大學演講，當時臺下聽眾被他所說的話嚇到啞然失色。他究竟說了什麼呢？我會在這本書的最後為各位揭曉答案。

宋淑憙

「有書寫的主題，寫作就不會有問題；
如果沒有主題，那寫作本身將不會是個問題。」

——擅長寫作者的共同心聲

目錄

第三課

第四課

第五課

最後一課

「寫作與想法是不可分割的，好的想法需要好的文章來詮釋。」

——哈佛大學

如果知道要怎樣把特定的內容寫得有道理、有條理，報告時就能更有邏輯，更能讓對方一次就聽懂。雖然文章有很多類型，但這個核心概念是不變的：「迅速傳達重點，引發自己理想中的反應。」

150 年歷史的哈佛寫作課祕訣

第一課

為什麼名校要仰賴寫作教育？

寫作，成為有說服力的人的祕訣

某份經濟報紙刊登的〈哈佛・麻省理工學院（MIT）畢業生的告白〉專欄文章，在社群上引起廣大的討論。專欄內容提到這兩所著名的大學，在畢業生的影響力之下，紛紛設立或強化他們的寫作中心。

其中的哈佛大學寫作中心，在二〇一八年便已經成立滿一百四十六年，我們甚至可以說哈佛大學的名聲是來自於寫作教育。而且不只是哈佛大學和麻省理工學院，美國與歐洲知名且歷史悠久的大學，都開始積極推動寫作教育，希望讓學生擁有批判與邏輯思考能力。他們教導學生無論面對怎樣的內容，都要以邏輯思考，並用一目瞭然的方式來表達並說服對方。

在課堂上，學生會以他們學到的技巧寫作。他們寫出來的文章會獲得回饋，然後再依照這些回饋修改、完成自己的文章，並經由不斷重複這個過程，獲得如何寫出好文章的能力。

美國歷史最悠久的學校宗旨

「美國大學的目標，在於培養一個有說服力的人。在這個過程中，最重要的課程就是寫作。」

這是曾於哈佛大學部擔任一年講師的李龍圭牧師從學校那邊聽到的第一句話。這句話說明了包括哈佛大學在內的眾多知名大學，之所以如此仰賴寫作教育的原因。

在哈佛，無論是主修法律，必須用法律條文與案例主張自己的說法更接近真相的學生；還是主修經濟，必須透過簡報、統計資料、案例與理論證明自己的想法更出色的學生，這些說服他人的能力都需要透過寫作課來訓練。所有學生都會透過撰寫報告等課堂所需的寫作，將學習到的技巧與知識變成屬於自己的武器。李龍圭牧師表示，哈佛大學想透過寫作達到的終極目標如下：

「在哈佛大學，具備寫作與討論能力的學生可以獲得更高的評價。也就是說，你的文章寫得有多深入、做了多少分析、是否被大量閱讀，都左右了你在大學教育中的成敗。在美國大學中，左右學業成敗的並不是『你學到了多少』，而是『你所具備的思考與表達能力多有創意、多有邏輯』。」

水準相當時，就需要用寫作實力分高下

哈佛大學的羅賓．沃德教授曾經問過一千六百多位四十多歲的哈佛畢業生這個問題：「在就讀哈佛的過程中，哪個課程對你最有幫助？」

有超過百分之九十的人回答「寫作課」。他們還補充，如果在學期間沒有拼命學習寫作，出社會後的生活可能會遭遇更大的困難。年紀愈大、職位愈高的哈佛畢業生，就愈明白寫作能力的重要，他們異口同聲地表示：無論你的夢想是什麼，寫作能力都是成功的關鍵。

你能靠寫作成為頂尖的5％人才嗎？

哈佛大學的錄取率只有大約百分之五，如果想考上就必須跨越這道高牆，而影響錄取與否的關鍵就是「短文寫作能力」。想進入哈佛大學的學生，在入學考試時必須獲得將近滿分的成績；而闡述個人想法的短文，正是用來幫助學校判斷你是否具備他們想要的特質。也因此，短文分數常常決定了一個學生會上榜還是落榜。

哈佛大學的入學審查考試協會常任委員教授不斷極力強調：「用文字強烈表達個人特質的能力，是美國名校最重視的關鍵，短文正是區別那些水準相當的考生的決定性因素。」考得進哈佛大學，就表示那個人的寫作能力獲得認可，但新生若要正式開始學習寫作，則要等到入學一年之後才有機會。

傳承近一百五十年的寫作授課方法

哈佛大學從一八七二年起開始教新生寫作，至今已維持一百四十八年，課程內容持續更新升級。現在這堂課名為「闡述性寫作」（expository writing），教授學生專業的寫作方法。哈佛大學的寫作中心網站上，詳細介紹了新生需要學習的必修課程和高階課程等寫作課內容。

這些課程經過精密的設計，讓學生能分階段學習寫作必要的知識與技巧，並能夠練習、熟悉寫作方法。這是為了將學生準備哈佛大學入學考時培養出的個人寫作能力，升級成為學業所需的分析寫作能力，學校的終極目標，是希望可以培養出學生的論證寫作能力。而執著於學習寫作的哈佛學生，最後會產生怎樣的改變呢？

在哈佛大學主修哲學的大提琴家張漢娜表示：

「每位學生在面對世界上任何的問題和論點時，都能夠站在綜觀大局的角度，提出自己的看法。哈佛讓學生培養出足以成為全球領袖的判斷力，同時也獲得能讓個人生活、人類生活更加美好的影響力，這就是美國名校一直以來努力的目標。」

哈佛學生從入學到畢業寫的文章重達五十公斤

哈佛大學的寫作課是以十至十五人的小班制進行，在寫作課以外的其他課程中，學生也會學習並練習發想創意、延續創意的方法。學生也能夠一一獲得回饋，讓他們能夠不斷修正自己，學校會幫助學生更有自信地去接觸那些更複雜、更專業的寫作。

無論學生主修為何，學校課程中都會搭配專業知識，讓他們學習邏輯思考與表達技巧。透過這些課程，學生就能獲得以有說服力的短文或論文，明確表達、傳達個人想法的能力。

如果想在這一連串的過程當中，培養開發寫作主題的技巧，或是向他人傳達訊息的能力，就必須以指定主題加上自己的想法，寫出一篇達到一定篇幅的短文。在不斷重複學習、寫作、獲得回饋、修改的過程中，一位哈佛學生到畢業之前究竟可以寫出多少文章呢？據說光是紙張的重量，就重達五十公斤。

透過寫作訓練獲得的七大能力

哈佛大學的寫作課程最注重的，就是幫助學生更有自信地知道自己「該說些什麼」。為此，教學團隊會帶領學生找出強烈且具有討論空間的主題，也會教導學生發想創意主題的有效策略，以及將個人想法傳達給他人的重要方法與技巧。從結果來看，哈佛學生在畢業前可以透過寫作課程學會七大能力：

①能夠透過分析問題、提問帶動討論的能力
②提出有邏輯的主張的能力
③以經過慎重討論的結果為依據，進而證明個人主張的能力
④適當運用所借用的資料，從根本杜絕抄襲的能力
⑤迅速讓對方了解重點的表達與傳達能力

⑥ 預先設想與個人主張相左的意見，並加以應對的能力

⑦ 撰寫出有說服力的散文與論文的能力

一入學就必修寫作課的哈佛學生，在畢業時將會成為能夠將任何想法簡單明瞭地傳達出去的「作家」。

哈佛開始推動寫作教育的真正原因

擅長寫報告的人，也擅長發表；擅長發表的人，也擅長寫電子郵件；擅長寫電子郵件的人，就會擅長寫短文。

簡而言之，只要你懂得把內容寫得有道理、有條理，就能讓自己的報告很有邏輯，也就懂得如何一次就讓對方聽懂。即使文章有很多不同類型，但重點就只有這一個：

「迅速傳達重點，引發自己理想中的反應。」

溝通時暢通無阻的人，究竟有哪裡不一樣？

擅長溝通的人，其共通點就是具備邏輯思考的能力。邏輯是所有思考的基礎，也是溝通的基本之道，更是社交的原則。哈佛大學之所以會花費四年時間認真教導學生寫作，就是為了幫助學生培養邏輯思考能力，讓他們懂得如何用自己的想法說服對方。

我曾介紹過的南希・索默斯教授，就是在哈佛教授寫作的老師，她歸納出哈佛之所以如此致力於推動寫作教育的原因：

「哈佛教導學生寫作，是為了培養具備邏輯思維的人才。邏輯寫作的能力，已經不再只是單純的學習成果，而是具備主動思考、邏輯思考能力的社會人士應有的美德。邏輯寫作能力能催生有創意的想法，不侷限於學問的內容，也是整個社會必要的課題。」

想要寫作自然就需要思考，也就自然會研究該怎麼有效整理、表達自己的想法；也因為必須要考量讀者的立場，所以就會懂得配合對方。如果在日常生活中重複進行寫作與研究，就能讓溝通能力愈來愈好，一併提升人際關係。

要培養思考能力，寫作是不可或缺的

在這個全球都充滿不確定性的時代，有良好發展的企業會以創意來挑選能夠帶領企業繼續成長發展的人才。創意來自於想法溝通、合作及批判性思考，這些素養正是來自邏輯思考。

OECD[2]認為學生在大學必須學會的基礎能力，就是以「批判性思考能力」、「分析推理能力」、「解決問題的能力」與「寫作能力」發展出來的溝通能力。以這四種能力為基礎，就能夠建立起邏輯思考能力。

那麼，為什麼是寫作呢？為什麼哈佛大學會利用寫作能力來培養邏輯、判斷和說服等思考能力呢？哈佛的回答簡單明瞭：

②經濟合作暨發展組織（Organization for Economic Cooperation and Development，OECD），為全球三十六個市場經濟國家所組成的政府間國際組織。

「寫作與想法是不可分割的，好的想法需要好的文章來詮釋。」

這也是學生進到哈佛後就必須立刻學習寫作的原因所在。為了成為一個具備卓越說服能力的領袖，必須發展出能說服他人的思考能力，也就是懂得融會貫通的思考能力；這種高階思考能力能夠透過寫作來培養，正因為優秀的想法需要優秀的寫作能力，寫作與思考能力才密不可分。

哈佛大學寫作計劃主任湯馬斯・任（Thomas Jehn）教授也表示「寫作可以培養思考能力」，強調寫作可以幫助我們培養整理、表達想法的能力。他同時也說，只能在腦海中想像、無法驗證的邏輯，同樣能夠透過寫作進行驗證。

榮獲二〇一八年諾貝爾經濟學獎的國際知名創意專家，紐約大學的保羅・羅莫教授則強調「想要培養創意，寫作非常重要」，因為寫作的時候，那些原本只在你腦海中盤旋的模糊想法，將會變得更具體、更精準。

亞馬遜創辦人，全球首富傑佛瑞・貝佐斯也曾說過：「寫作就是提升思考能力的唯一方法。」

「如果想用完整的句子或是段落表達自己的想法，就必須想得更深入、更有系統。比起整理數字與重點的條列式文章，寫敘事型的文章時更需要深入、廣泛地思考。」

靠寫作養活自己的時代，要寫還是不寫

國際知名的投資理財大師巴菲特，每年都會親自撰寫寄送給股東的年度報告。Airbnb 創辦人布萊恩・切斯基也會在週日晚上寄信給全體員工，只為了分享自己的想法。

除了他們之外，還有很多知名企業家相當熱愛寫作，因為對經營者來說，寫作是經營企業最重要的工具。正如同哈佛大學的主張，領導者必須用價值與展望來說服整個團體，有問題時則要提出與眾不同的創意來解決，要做到這點，就需要邏輯思考與寫作的能力。

這個時代的生存對策

為了在社會上生存下去，企業紛紛強調員工必須要能寫出一手好文章，因為如果無法迅速做出決定，在這個時代就可能會遭到淘汰、走向滅亡。條理清晰的文章能夠快速完成想法溝通，並能讓人正確且具體地執行。我們甚至可以說，企業所追求的毫無破綻的報告與運作體系，全都是建立在寫作的基礎上。

為了擠進大企業的窄門，上班族必須提升自己的寫作能力；為了在公司裡生存下來，也必須寫好報告。現在的工時愈來愈短，在未來更加限縮的工時當中，必須儘可能提高產量；如果想提高產量，在撰寫報告等文件時就不能有所延遲。對上班族來說，寫作將是保障個人生存的武器。

為了在幾乎已無生存空間的商場上存活，中小企業的經營者也必須硬是擠出時間，用疲憊的指尖書寫。無論做生意的地方在哪裡、賣的是什麼東西，都必須要掌握重要的資訊；如果希望消費者在眼花撩亂的商品與服務之間，選擇你提供的東西，那就必須透過網路，發表展現獨特價值與個人哲學的文章。

此外，對各大城市的房仲業者、剛開幕的補習班老闆、藥局的藥師、法律事務所的律師等人來說，寫作並不只是單純的表達自我，而是一種不得不精進的生存手段。所以他們才會在營業時間結束之後的深夜，或是開始營業之前的清晨，透過專業人士的指導學習如何寫作。

證券公司雇用記者的原因

急性子的企業會跳過提升員工寫作實力的階段，直接去聘用記者或作家。舉例而言，韓華證券就直接雇用記者和小說家擔任責任編輯，協助將寄給顧客的報告修改得更簡單易讀。

數位行銷專家馬克・舍弗曾說，如果他是某間企業的人資主管，肯定會聘請有品味的作家進入公司。成功的新創企業家詹姆斯・弗雷德也表示，無論是行銷、業務、設計還是工程師，每一個職位都需要寫作技巧，所以建議企業聘用最好的作家來教導員工寫作。

文風清楚明快的人，想法會比較清晰明瞭，在溝通時容易跟對方產生共鳴，能減少許多不必要的風險，編輯能力也較為出色。現在確實是個靠寫作混飯吃的時代。

一小時學會哈佛寫作技巧

哈佛大學以有策略、有系統的方式實施專業的寫作課程，並透過寫作課程培養出懂得邏輯思考、能清楚且有效傳達個人想法的學生。

無法進入哈佛大學的我們，必須為了生存而努力精進寫作技巧，但現實情況卻不允許我們這麼做。因為除了寫作之外，我們在生活中還有許多必須立刻去做、立刻處理的事情，所以並沒辦法花費太多時間去學習寫出一手好文章的各種技巧。

也因此，我才將哈佛學生四年學習的寫作技巧，濃縮成「一小時學會哈佛寫作技巧」的課程。

只要你花一小時讀這本書熟悉「唯一一項技巧」，就能夠像哈佛學生一樣思考、寫作。我將這一項技巧命名為「O・R・E・O MAP」。只要運用這個工具，就能夠規劃文章主題、歸納出想要傳達的訊息，並有效地傳遞自己的想法。

只要學會這項技術，就能像哈佛學生一樣思考，透過優秀的短文傳達自己的想法，也能寫得出各種不同類型的文章。從結果來看，就是能像哈佛學生一樣讓成功手到擒來。

用一個工具學會七種能力

我從二〇〇二年開始擔任寫作寫作教練，持續思考讓硬擠出時間和金錢來學習寫作的人，可以更快、更輕鬆地學會寫作的方法。

可以快速傳達重點、迅速獲得理想反應的寫作工具「O·R·E·O MAP」，正是我最後得出的結論。在此之後，也有許多來自不同階層的人基於各自的原因，來向我學習這套技術。哈佛教導學生寫作的宗旨，是為了「開發邏輯思考能力，學習有條理、有道理地傳達訊息的方法」，而我當然也沒有漏掉這一點。

我將融入哈佛寫作技巧的O·R·E·O MAP運用在無數的寫作課程中，實際確認過它的效果，並更加確信它的價值。

哈佛大學教的寫作技巧可以簡單濃縮成O·R·E·O MAP，只要學會這個工具，就能夠提出有吸引力的創意想法，並獲得用短文傳達個人想法的能力。這樣一來，你就能像我眾多的學生一樣，隨時隨地都能用文章明確表達出自己的意見，自然也能獲得理想的成就，進而在生活中發揮自己的影響力。

一起來獲得哈佛學生的七大寫作能力，體驗看看如何靠寫作養活自己吧！

① 能影響讀者、讓讀者朝你所想的方向思考
② 能迅速傳達重要的訊息
③ 能用有邏輯的方式將主題寫清楚
④ 能從讀者那邊獲得你想要的回饋

⑤寫得出有條理、有道理的文章內容

⑥寫得出令人想讀、好讀，且一目瞭然的文章

⑦邊寫邊學、邊學邊寫，用身體熟悉寫作技巧

「哈佛教導學生寫作，是為了培養具備邏輯思維的人才。邏輯寫作的能力，已經不再只是單純的學習成果，而是具備主動思考、邏輯思考能力的社會人士應有的美德。邏輯寫作能力能催生有創意的想法，不限於學問的內容，也是整個社會必要的課題。」

——南希・索默斯

想寫出簡單易讀的文章，就必須有邏輯、有架構地歸納出自己想傳達的訊息。這比內容更重要，因為這樣才能迅速讓讀者做出你理想中的反應。

150 年歷史的哈佛寫作課祕訣

第二課

如何讓你的文章獨具一格

放諸四海皆準的寫作絕對原則——有力量的寫作

一九八〇年代初期，南加州大學的史帕克斯博士決定要找出有說服力的文章具有哪些共通點。他從多達六十本的《大英名著全書》當中，選出非奇幻小說的作家來一一研究、比較他們的寫作模式，最後終於找出了答案。

有說服力的文章的共通點

這些作家的作品都相當有力量，也很有說服力，他們會先寫出文章的核心宗旨，然後再以更詳細的內容補充說明。史帕克斯博士認為這就是寫出好文章的原則，並將其命名為「有力量的寫作（Power Writing）」，這個原則可分為四個階段：

①闡述宗旨
②寫出個人主張的理由和依據
③證明自己的主張
④再次重複主旨

美國英語教師協會採納了史帕克斯博士公告的原則，並開始以此做為教導學生短文寫作的基礎。從這時開始，「有力量的寫作」變得更具說服力，也成為寫作的主要原則。

這個寫作技巧的四階段基礎，當然也是來自邏輯思考。邏輯思考也是麥肯錫、豐田、P&G等跨國企業所使用的主要手段，旨在追求簡潔俐落的溝通文化。哈佛大學之所以會以「有力量的寫作」為原則，花上四年的時間教導學生寫作，也是想要幫助學生培養以邏輯思考為基礎的溝通能力。

此外，在哈佛的MBA課程中會教導來自非英語系國家的學生學習「五段式散文寫作」，這個課程當然也遵守了有力量的寫作原則。

在美國，寫作是以「有效傳達想法」為目標，每個人從幼稚園到大學，甚至是出了社會之後，都會學習到這個一貫的簡單原則。

快速傳達重點的寫作前提

無論目的與內容是什麼，寫作的目標都只有三項：

①迅速傳達
②傳達重點
③獲得想要的反應

為了達成這個目標，首要之務就是準備好要告訴對方的重點訊息。只要能確立一個主題，寫作就不成問題；但如果沒有主題，那就連寫作本身都會是問題。

寫作之前要準備的東西

我長期靠寫作維生，十幾年來都在教導寫作，已經看透了一些事。寫作時會遭遇的困難與混亂，大部分都是來自於「主題不明確」；而不斷練習，卻還是無法進步的原因，大多數也在於寫作時沒有主題、沒有好好整理主題，或是要寫的主題不夠明確。

寫作的人如果不知道自己為何而寫，就會在寫作過程中發展出很多不相干的想法，讓文章變得語無倫次、內容一再重複。如果沒有先整理好要傳達給讀者的內容就下筆，寫出的文字就會很難讀懂，因為那只是把聽到的內容、讀到的內容，或是記得的東西東拼西湊地隨便寫出來而已。

即使已經有了明確的寫作主題，但如果沒有依邏輯建立起有架構的訊息，那結果也還是一樣。所以在寫作的時候，最重要的就是點出文章的重點，並準備好一個能夠傳遞重點訊息的寫作主題。

哈佛寫作課程最費力的事情

哈佛大學強制每一位學生要花四年時間分階段學習寫作，他們的著力點就在於「開發寫作主題」。

學生花最多時間、最先學習的方法，就是如何讓自己具備有邏輯的主張，並用足以證明個人主張的內容建立訊息。

在哈佛大學的寫作課上，學生會先學習如何將自己有意書寫的想法轉換為完整的訊息，而且會花許多時間練習這件事。在這個過程中，他們會在課堂上獲得專家的回饋，並將自己的文章修改得更加精準。經歷多次這樣的過程後，他們就能提出相當有邏輯、非常嚴謹的寫作主題；一旦建立起一個嚴謹的主題，後續要如何將重點傳達給讀者，相對而言就會比較輕鬆。

「我寫的內容不需要刪減嗎？」

來參加我的寫作課程的人常會問這個問題，而通常會問這個問題的人，大多是曾為了大學考試補過作文的人。沒錯，我在寫作課時不太會去幫學生刪減文章內容，因為只要按部就班地從規劃主題開始學習完整的寫作，寫出來的文章就不太需要刪減。

在把想法寫成句子之前，如果能想清楚要傳達的主題，那句子本身就不太會有問題。只要文章的主旨清楚、脈絡嚴謹，用來傳達主要訊息的句子就不會出太大紕漏，也就不需要刪減太多東西。

如果我在文章中用紅筆標出很多地方，那就是代表文章本身不具備應傳達的訊息，或是訊息不夠明確。如果要傳達的訊息不夠明確，或文章脈絡沒有邏輯，那即使由最權威的專家來幫忙刪改，也不太可能讓文章變得足以驅使讀者往作者理想中的方向思考。

基於這個原因，我在上寫作課時，也會像真正的哈佛寫作課一樣，把重點擺在如何讓寫作主題更加簡單明瞭。閱讀學生所寫的文章時，我首先會看目標讀者是誰、作者想要傳達給讀者的主旨是什麼，以及是否能配合主旨建立有邏輯的訊息等。

完整傳達個人想法的能力

在中國，網路明星被稱為「網紅」。這是一個新的流行語，指的是那些在社群平臺上追蹤人數破五十萬人的網路知名人士，他們以龐大的人氣為基礎，在社群平臺上發展許多事業。據說其中有一位叫做羅振宇的網紅，一年就能光靠販賣知識賺進四百七十億韓元（約十一億五千萬新臺幣）。

知識APP就是他販賣知識的地方。無論是哪種知識，都會在APP上被整理成一至三分鐘不等的資料；長達九小時的演講，也會被濃縮成一個小時後再上傳。據說一年有多達八百一十萬人購買羅振宇的知識內容，成功的背後自然也遭受很多人嫉妒，有人批評他：

「只看到一頭豬在那邊吵吵鬧鬧說個不停，他真的是專家嗎？」

羅振宇表示這個批評「只說對了一半」。他說，他擅長的是將自己學過的東西傳達給別人，他主張即使是他原本不知道的知識，只要融會貫通之後，就可以用淺顯易懂的方式告訴大眾，而這也是一種專業。

清楚傳達的條件

現在正從「知識就是力量」的時代，跨入「想法就是力量」的時代。在這個時代，只要一個想法就能讓全世界掏錢出來，提出想法的人則以超快的速度成為全球首富。在這個想法就是力量的時代，比起想法本身，更重要的其實是如何傳達自己的想法，所以「傳達能力」成為了最強大的力量。就算自己知道的比別人更多、比別人更會想，如果無法配合對方的程度將這些資訊傳遞出去，那就無法帶動理想的反應，這樣一來知識、想法也就無用武之地了。

「寫作的困難之處，不在於書寫，而是在於如何寫出你的想法；也不在於影響讀者，而是在於如何依你所想地準確影響對方。」

這是《金銀島》作者羅伯特・路易斯・史蒂文森所說的話。寫作不只是單純的書寫，而是一種訊息的「傳達」，有哪段話比他所說的更加貼切呢？寫作是一種撰寫文字、傳達訊息的行為，「文字」是主題，「寫」則是傳達的行為。透過這樣的拆解，我們得以理解寫作的困難之處，因為在過去，我們並不注重寫作的主題，只把重點放在「寫」這個傳達的行為上。

如果沒有要傳達的主題，只是做了傳達的動作，當然就會覺得寫作很困難，也就不可能達成理想目標。傳達能力的重點，就在於能儘快讓讀者了解自己想要傳達的內容。如果想要擁有足夠的傳達力，讓讀者可以依照自己的意圖行動、引發理想的反應，那就需要滿足以下幾個條件：

①主題足夠明確

②讓讀者知道為什麼要說這些

③清楚地請讀者做出理想的反應

用工具幫助你像年薪上億的顧問一樣思考

對專精於某個領域的達人來說，雙手是他們最熟悉的工具；而那些靠著思考賺進上億年薪、被稱為「思考達人」的國際級大顧問，則有自己的一套思考架構與過程，能迅速且正確地導出結論，進而藉此說服顧客。

在寫作課程上，我會教導不善於創造寫作主題的新手作者學習「O・R・E・O MAP」這個工具。

O・R・E・O MAP是由「Opinion（意見）、Reason（理由）、Example（舉例）、Opinion / Offer（強調意見與提議）」縮寫而成的O・R・E・O，再加上MAP（地圖）創造出來的名稱。

「Opinion（意見）→Reason（理由）→Example（範例）→Opinion／Offer（強調意見與提議）」

依照這個順序組裝、排列（mapping）自己的想法和資料，就能寫出邏輯通順的文章。光靠這個工具，就可以發展出極具說服力的寫作主題。O・R・E・O MAP是一種建立寫作主題的工具，也可以幫助我們歸納出具備一定邏輯、足以說服讀者的訊息。利用O・R・E・O MAP開發出的寫作主題能迅速傳達重點，驅使讀者往作者理想中的方向思考。換句話說，這是一項讓人能進行邏輯思考、建立有說服力訊息的前置作業，同時也是史帕克斯博士歸納出的「有力量的寫作」的基礎。

創造邏輯思考的框架

如果為一件事的流程建立架構，進而導出特定的結果，叫做建立「框架」，O・R・

E·O MAP就是貫徹自己的主張，以文章來說服讀者的「強化框架」。這個方法能釐清你的思緒，同時可以配合重要的順序、遵循一定的邏輯來思考，讓你能以邏輯思考的三大元素──「結論、原因、根據」為基礎建立寫作主題。

寫作主題是文章的結論，同時也是主張作者個人意見的內容，有邏輯的說服力就是文章的生命。如果想說服讀者，就必須提出特定的意見，並且建立起以嚴謹的邏輯證明出來的訊息架構。

如果想建立嚴謹的邏輯，就必須結合原因、根據和個人意見結合，並讓它們化為具體。如果文章的脈絡太過跳躍或不夠紮實，就很難達到作者的目標。在讀者問到「你為什麼會有這種想法」之前，作者就應該透過文章充分說明，進而提出想法的依據，也不能讓讀者發出「那所以到底是怎麼樣」的疑問。

如果文章中能夠再加上執行個人主張的方法，讀者就很容易被作者的訊息完全說服。如果沒有人對作者的主張提出任何疑問、質疑、反駁時，就可以說是成功建立了完美的訊息。如果能以完美的訊息撰寫文章，無論內容為何，貫通整篇文章的的邏輯都可以說是無懈可擊。

只要運用O·R·E·O MAP寫文章，就能有系統地整合想法、資料與資訊，將蒐集來的資料編排得更有邏輯。從結果來看，作者可以大幅減少文章中不必要的內容，更專注在核心資訊上，迅速地將重點傳達給讀者，同時也能更快掌握每個想法之間的關聯性，並迅速確認自己的文章是否符合邏輯。

無論撰寫哪一種類型的文章，都必須慎防邏輯混亂，同時也要讓人覺得你的內容夠有價值。所以無論文章的訴求是什麼，O·R·E·O MAP對「只會書寫」的業餘作者來說都是非常重要的工具。

快速表達重點的寫作地圖

O.R.E.O MAP

- **O** Opinion（意見）：主張核心宗旨。
- **R** Reason（原因）：以理由和依據證明個人主張。
- **E** Example（證明）：以範例再次驗證。
- **O** Opinion（意見）：強調核心宗旨，並提出方法（Offer）。

「有力量的寫作」之原則與條件

以史帕克斯博士的「有力量的寫作」原則為基礎，有許多教科書作者與寫作專家長期以來都一致認為「想寫出好文章，就必須按照這些方法進行」。

①從結論寫起
②簡單明瞭地傳達主要想法
③用訊息分段說服讀者
④舉例讓讀者接受
⑤提出根據，讓讀者相信
⑥提出理想方法

對大多數不善於思考、不熟悉或難以將想法轉換成文字的人來說，以上的要求實在很難達到，所以才會有人說：

「如果想寫作，就要先把腦袋清空。」

不過O·R·E·O MAP總共分為四個階段，是將所有寫出好文章的條件全部涵蓋在一個框架之下。也就是說，只要使用這個寫作工具，其實就能夠完全囊括專家所建議的寫作祕訣。

如果世界上有一萬種方法，而且需要你花上一萬小時來培養邏輯思考能力，那我建議你還是不要在這堵「無法跨越的高牆」面前陷入挑戰、放棄的無限迴圈，不如從O·R·E·O MAP開始學起。只要利用O·R·E·O MAP建立訊息，就可以寫出能迅速傳達主旨的文章，同時也能培養邏輯思考的能力，你將會體驗到自己的思路如奇蹟般變得更有邏輯！

讓你增加十倍說服力的思考技巧

關於「如何獲得自己想要的東西」這件事，國際間享負盛名的耶魯大學斯圖亞特・戴蒙德教授建議，如果想成功完成溝通這個過程，就更應該注重溝通的方式。因為即使溝通的內容相同，只要組成訊息的方法不同，傳達力就會有很大的差異。

寫作也是一樣。如果想寫出能輕鬆讓讀者理解的文章，就必須建立起有邏輯、有架構的訊息，這比內容本身重要得多。唯有這樣，才能迅速讓讀者產生作者想要的反應。

只要運用O・R・E・O MAP，就能讓文章所要傳達的主要訊息更有邏輯、架構更加完整。這樣一來，無論是商務或職場上所需的寫作、行銷所需的寫作、學術領域所需的寫作，甚至是社群媒體、電子郵件、專欄等個人領域的寫作，都能手到擒來。只要透過有邏輯的寫作，我們就能將作者設計好的訊息完整傳達給讀者。

為什麼我們該重視穩健的基礎

寫作是用來將表達想法的句子串聯起來，傳達個人意見、與人交流；如果沒有經過正確的學習、練習、訓練，那連「思考」都會變得愈來愈困難。

無論是在寫報告、電子郵件、留言還是臉書回應，最重要的一點就是建立起讓文章有重點的寫作概要。如果無法認知到這一點，寫作就會令你挫折萬分，成為你一輩子都無法承擔、一輩子都無法學會的能力。在傳達特定想法時除了要有條理、有邏輯，更要能夠抓出梗概，這真的不是一件容易的事。

其實只要建立起文章的概要，就能以個人想法做為構成文章的主軸。

合乎主題的寫作種類

專業寫作	學術寫作	個人寫作	商業寫作
商用、業務用寫作（各種報告、電子郵件、內部網路等）	各學術領域的寫作（論文、報告、作業等）	（社群媒體、個人網站、部落格、社群網站、專欄、散文等）	行銷用寫作（POP、手冊、網站、自我介紹等）

這樣一來，你的想法就不會看起來毫無重點，文章也就不會過於冗長，甚至能寫得淺顯易懂。也就是說，作者的想法不會白費，能有效利用所有篇幅闡述文章的主旨。

「O·R·E·O MAP」是用來建立、發想訊息的工具，以哈佛大學「能迅速傳達文章重點的邏輯寫作方式」為基礎開發而成，能幫助我們更輕鬆達到邏輯寫作的目標。這個工具能幫你抓出想要傳達的內容概要，以文章主旨為中心簡略彙整資料，並將蒐集來的資料整理得更有架構、更有說服力。經過一番整理之後，文章的邏輯就不會產生偏頗，可以更專注於作者所要傳達的訊息上。

這張圖顯示了O・R・E・O MAP四大元素之間關係。其中意見（Opinion）是訊息的核心，只要有這個完美架構，就能夠建立起邏輯通順、有高度說服力的訊息。

1. 主張個人意見。
2. 以原因和依據證明。
3. 以範例證明。
4. 強調意見。

只要經過這些階段，就能將想法和資訊整理成一套完整的邏輯；建立起邏輯完整的訊息後，傳達訊息就會變得相當容易。

邏輯分明、具說服力的訊息結構

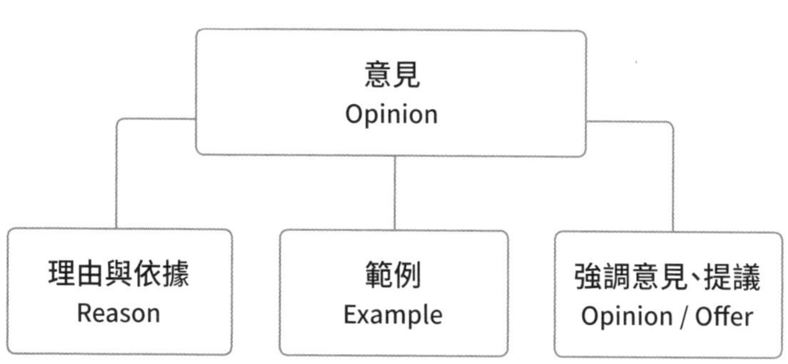

O·R·E·O MAP是透過怎樣的過程，幫助我們完成一篇有說服力的文章呢？簡單整理如下：

1. Opinion（意見）→Reason（原因）→Example（範例）→Opinion / Offer（強調意見與提議），各位可以把合適的內容分別整理成一句話，填入適當的階段。

2. 以整理出來的那句話為主軸，補充詳細內容並發展成段落。

3. 將依照邏輯分別完成的四個段落連結起來，完成一篇文章。

如何完成更有邏輯的文章

據說投資控股公司波克夏・海瑟威的執行長華倫・巴菲特，曾經教導比爾蓋茲、傑夫・伊梅特等國際企業的首席經營者如何寫作。

巴菲特強調，即使會將文章交給專家潤飾得更加流暢，但文章的主要內容還是必須自己下功夫，這樣才能寫出有說服力的文章。當然，重點還是在於要先建立起有邏輯的文章主軸。我們閱讀他寫給股東的信，就會發現信總是從結論開始。

只要完成具備「結論、理由、依據」這三大邏輯元素的文章主軸，任何內容都能夠變得說服力十足，這樣一來讀者也才會迅速做出反應。

・巴菲特的信件概要・

Opinion（意見）：我們會以純收益、每週的股價差異，說明前一年度的事業成果。
Reason（原因）：列舉有這些成果的原因。
Example（證明）：以具體事例補強內容。
Opinion（意見）：強調明年也會有好成果的結論（意見）。

讓自己的想法更有說服力

所有想法都是主觀的，如果想用單方面、主觀的想法影響另外一個人，就很容易讓對方產生強烈的抗拒感。無論是在學習空間還是在任何職場上，邏輯都是將主觀想法客觀傳達給他人的必要工具。缺乏邏輯的文章，就會缺乏客觀的說服力，也就不可能達到交流目的。因此，我們必須把想法變得讓對方更容易接受，也必須客觀地重新建構自己的想法，讓文章的內容變成任誰來聽都會覺得有道理。

哈佛大學也十分看重以邏輯為基礎的寫作，因為這能將文章要旨迅速且正確地傳達給讀者。報告、電子郵件、產品說明、部落格文章，無論是哪一種文章，只要邏輯完整、客觀，就不會讓讀者產生抗拒感，進而做出作者想要的反應。

在這個比速度的時代，為了速戰速決、儘快做出決定，邏輯通順的文章就是最理想的溝通方式。如果文章沒有邏輯，不只會被認為不擅長寫作，工作能力甚至會遭受懷疑，這也是最危險的情況。如果想要完成一篇有邏輯、有道理、好閱讀的文章，那就一定需要這三大要素：

① what：這篇文章在說什麼？
② why：為什麼會需要這個？
③ how：該怎麼做才好？

O·R·E·O MAP就是將邏輯的三大要素：「什麼」、「為什麼」、「怎麼做」正確排列的思考框架，只要配合這個框架整理自己的想法，就能迅速說服對方。

用O·R·E·O MAP寫得更好 ❶

濃縮哈佛大學寫作課程的精華，O·R·E·O MAP

企業與公家機關已經吹起哈佛式寫作的風潮，例如：首爾市江南區從二〇一七年起，每年都會針對區公所員工開設「勝利寫作」課程。區公所員工僅有五十人，每個人的工作量都不容小覷，但每週還是要上三個小時、為期六個月的寫作課。我負責指導這門課，重點在幫助大家學習像哈佛學生一樣以邏輯思考、傳達想法。其他的企業與公家機關聽聞這件事後，也紛紛開始要求開設「哈佛式寫作課」。

所謂的「雙贏寫作」，是指讓讀者容易閱讀的文章，其反義詞是通篇不知所云、難以閱讀的「自溺寫作」。我在寫作課上會說明如何運用以哈佛寫作技巧所開發的O·R·E·O MAP，進而培養出組織要求的邏輯思考能力。同時也會告訴學生，只要運用這樣的思考能力，就可以完成組織所需的深入思考。

1. 哈佛大學會在寫作課程中教導學生如何發展寫作主題，也就是會從建立訊息開始教起，這個方法的重點就是邏輯思考能力。

2. O．R．E．O MAP是一種發想技巧，以哈佛大學用於開發寫作主題的邏輯思考為基礎，幫助人們建立訊息。

3. O．R．E．O MAP是一種寫作工具，其靈感來自於美國小學教導學生如何寫出一篇具說服力的文章時，所使用的「圖像式思考輔助工具」。

4. O．R．E．O MAP可以幫助你排列想法與資料，建立有說服力的訊息，訊息中具備了個人的主張，以及用來證明個人主張的四大要素。

5. O．R．E．O MAP取自「Opinion（意見）、Reason（原因）、Example（範例）、Opinion/Offer（強調意見與提議）」第一個字母的縮寫。它是用來將想法與資訊分別安排在合適的位置，歸納出想傳達的訊息。

6. 以O．R．E．O MAP練習寫作，就能獲得有思考邏輯、有說服力的溝通能力，可以將工作或日常生活中所需的任何文章，都寫得有邏輯又通順。

以 O.R.E.O Map 精進寫作能力

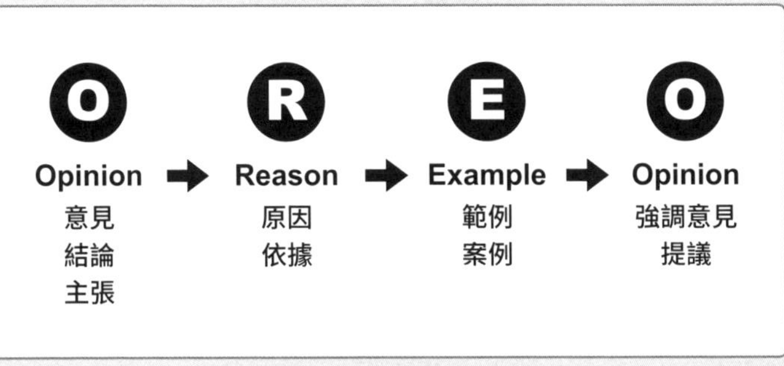

論述能力

雙贏寫作
職場寫作
行銷寫作
社群寫作

「偉大的作家之所以偉大，並不只是因為他懂得寫出優美的句子，更在於他們有話要對讀者說，而且懂得以這些話為基礎，與讀者建立起適當的關係。」

——芭芭拉・博伊格

一篇讓人一開始讀就能通篇讀完的文章，代表作者以嶄新的方式表達個人想法，並且以有條理、具說服力的依據進行說明。一位能寫出這種文章的作者，就能贏得讀者的信賴，即使不說「請相信我」，也能讓人們相信他。

第三課

讓人忍不住一讀的寫作公式

正式的O·R·E·O MAP邏輯規劃四階段

從這章開始，我們要學習如何使用O·R·E·O MAP將各種不同想法整理成一目瞭然、有說服力的訊息。如同前面介紹過的，O·R·E·O MAP可分為四個階段：

第一階段：提出意見（Opinion）

這是利用O·R·E·O MAP建立邏輯清晰的訊息，明確歸納出主要宗旨的過程。

第二階段：列舉原因（Reason）

舉出適當的依據，證明你在第一階段主張的意見。

如果能在這個階段以客觀數據證明自己的意見，讀者就會很快被說服。

第三階段：舉例（Example）

提出各種範例、真實案例來佐證。原因和依據是用來理性說服讀者的證明方式，範例與真實案例則是用來動搖讀者的心理。

第四階段：強調意見（Opinion）

寫出能促使讀者做出理想反應的內容。這樣一來，就完成了能迅速傳達文章重點的訊息。

吸引讀者的寫作技巧

O·R·E·O MAP第一階段 提出意見

曾就讀哈佛甘迺迪政府學院的李尚俊先生，本身就畢業於哈佛大學部，他曾分享在哈佛學習寫作的經驗：

「在哈佛練習寫作的份量非常驚人，學校藉著寫作作業，訓練大家提出一次就命中核心的問題。」

問到重點的提問能力，就是熱衷寫作的哈佛大學期望學生具備的能力。想要像哈佛學生一樣透過一篇文章迅速傳達重點，就得從明確知道自己要傳達什麼想法開始著手。

在正式使用O・R・E・O MAP尋找、建立、研究重點之前，要先整理出「對象、為什麼、要說什麼」。經過這個整理後，我們就能確定自己想透過文章傳遞什麼想法。想法大致可以整理成三個重點：

① Target（目標）：讀者是誰？
② Idea（想法）：要對讀者說什麼話？
③ Value Proposition（價值主張）：想傳達給讀者的、有吸引力的承諾。

檢視文章的邏輯

如果想用個人想法說服讀者，你的文章就一定要有邏輯。這是一個整理出結論、原因和依據的過程，我將建立邏輯的三大必備元素稱為「邏輯三劍客」，它們分別是：

①結論：要怎麼樣達成什麼目標？
②原因：為什麼一定要這樣做？
③依據：所提出的原因為什麼合理？

假設有間小公司想要實施縮短工時的制度，但卻為了上班時間傷透腦筋。因為該公司的員工不到五十人，所以不適用於政府針對大企業推出的規範；但員工還是希望上下班時間能像大公司一樣更有彈性，於是財務長便向董事長報告員工的想法。

1. 結論：要怎麼樣達成什麼目標？

讓我們公司的員工，可以在八點到十點之間彈性上班。

2. 原因：為什麼一定要這樣做？

現在有愈來愈多公司開始推動每週五十二小時的工時制度，讓上班時間更有彈性。

如果不跟上這股潮流，員工可能會產生「因為是小公司才這樣」的想法。而且讓員工在某段時間內自行決定彈性上班，也能提高員工的忠誠度跟榮譽感。

3. 根據：這個原因為什麼合理？

掌握未滿百人的公司目前推動每週五十二小時工時制度的狀況，並調查小企業員工對該企業工作情形改變的看法。

第一眼就抓住讀者目光的條件

邏輯三劍客——結論、原因、依據一旦成立，提議就無懈可擊。但財務長決定要在這份報告當中，添加讀者（董事長本人）想知道的另外一個事實。依照過去的經驗，如果就這樣將報告呈交上去，董事長一定會問：

「那所以現在該怎麼辦？」

引起讀者注意的是其他內容

無論是哪種類型的文章，只要讀者對內容的反應如同作者所預期，就算是達成目的。報告也一樣，其意義在於要依照報告的結論來執行，所以如果能以流暢的邏輯導出結論，並提出附和結論的提議，董事長也會二話不說地同意。於是財務長便建議，希望可以在中秋連假結束後，從十月開始實施這個制度。來，現在讓我們搭配O・R・E・OMAP一起整理看看吧。

Ⓞ Opinion（意見）

我們公司的員工，希望可以在八點到十點之間彈性上班。

Ⓡ Reason（理由與依據）

藉由調整上班時間，員工會更心向公司，也會更有榮譽感。

Ⓔ Example（範例）

有許多小公司導入每週五十二小時工時制度，讓員工能兼顧工作與生活。

 Opinion / Offer（強調意見與提議）

預計從十月一日起開始實施，在八月之前和員工們完成協商。

邏輯三劍客再搭配執行方案的提議，這樣一來O・R・E・O MAP就大功告成。表達自己的意見、提出理想的執行方向，就能夠完成毫無破綻的文章和訊息。在一般的報告中，只要針對每項內容進行補充說明即可；如果你急著要報告，則可以不必補充說明，只需要列出這四點就能夠立即獲得對方同意。

寫文章的用意正在於影響讀者，將讀者的想法引導至作者理想中的方向。如果你費盡心思寫了一篇文章，但讀者的反應卻是「那所以要怎麼辦」的話，真的會讓人感到非常無力。所以寫文章時，除了你的意見、結論、主張之外，別忘了再加上你想要的執行方案，如此一來你的意見才會成為一個完整的訊息。提議在其中所扮演的角色，就是為證明O・R・E・O MAP第一階段主張的意見畫下一個句點。

主張是意見與提議的結合

要讓作者想寫的內容，變成讀者想讀的內容，關鍵就在於不要只提出意見，而是要提供一個建議的執行方案，到下個階段才能以原因、依據、範例、做法來支持自己的主張，讓自己的主張顯得更有邏輯與說服力。

「有些人擔心西藥的成分與化學反應會帶來副作用，他們比較偏好傳統中藥。」

這句話只寫出了需求和意圖，是作者想要傳達的「意見」，但作者身為一位傳統中醫師，他的意圖並不只是想宣揚西藥的缺點和中藥的優點而已，他其實是希望大家能為了健康多吃中藥，並且到自己經營的中醫院拿藥。如果希望讀者做出上述反應，就必須要在文章裡寫出額外的提議。

↓如果吃西藥會讓你擔心成分和化學反應引發的副作用，那就來吃中藥吧。

在想要傳達給讀者的意見中加入提議，就能當作文章主旨的基礎，也算是完成了第一階段的主張。接著就只需要用有邏輯的依據證明你的主張，並說服讀者去執行這個提議。

從作者想寫的文章到讀者想看的文章

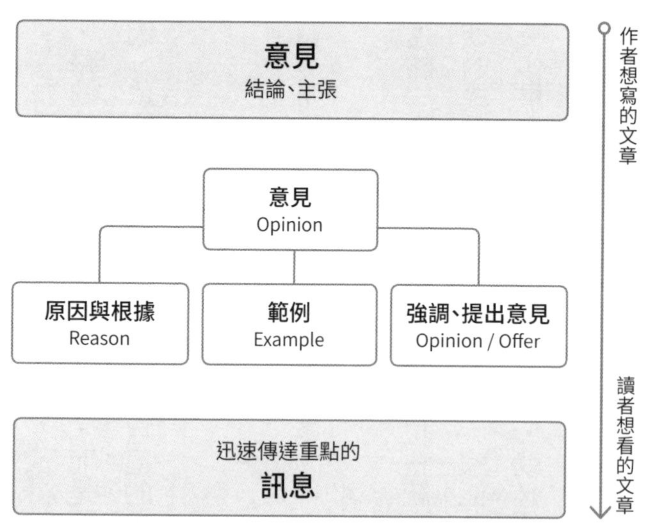

讓讀者眼睛為之一亮！提出無法拒絕的提議

如果文章具備能夠精準傳達重點的訊息，只要再加上可行的提議，就能讓讀者迅速對你的主張做出反應。如果想更輕鬆地達成第一階段，那寫文章時就以個人主張為主要依據就好。你可將要主張的內容分為三個階段：

「如果……，就……吧。因為……。」

1. 如果……

就從「讀者想要解決的問題是什麼」開始說起。

「如果你所撰寫的報告時常因為邏輯不通順被退回，」

2. 就這麼做吧

提出解決方法。使用「就……吧」的勸誘句型，就能夠凸顯出自己的主張。

「就使用O・R・E・O MAP吧。」

3. 因為

列舉出原因。

「因為O・R・E・O MAP這項寫作工具，是以哈佛學生花費四年寫作課學習的邏輯思考方式所開發而成。」

現在把這三點串在一起變成一句話，再提出個人意見，主文就完成了。

↓如果你所撰寫的報告時常因為邏輯不通順被退回，就使用O・R・E・O MAP吧。因為O・R・E・O MAP這項寫作工具，是以哈佛學生花費四年寫作課學習的邏輯思考方式所開發而成。

用這個公式完成主文後，文章最基本的訊息就大功告成。這樣一來，就能夠將作者的訊息充分傳達給讀者；即使省略O・R・E・O MAP剩下的步驟，也足以傳達作者想說的內容。

當你主張的意見本身足以扮演訊息的角色時，只要再列舉出原因、依據、範例和具體方法來證明你的主張，就能將整篇文章的邏輯說服力發揮到極致。

請試著分別以「如果……」和「就……吧」兩個句型，寫出三十個句子。只要把想到的句子寫出來，一定會有一些看起來可以拿來發展成文章的組合。

寫作是一種創作的行為，所以即使是相同內容，也可以用不同方式來描述。此外，只要仔細觀察可能會接觸到文章的讀者需要什麼樣的解決方案，就能夠從中找出許多適用於「如果……」這個句型的狀況。

如何創造吸引讀者的訊息

1. 論點明確

請把焦點擺在「這篇文章的內容是和某項事物有關」，因為如果論點不夠明確，再好的提議都無法吸引大家的目光。

2. 是創新，還是突兀呢？

「閱讀」這兩個字，不知從何時開始成了陳腔濫調。文化心理學家金正運老師是這麼定義閱讀的：

「閱讀是一種標記的行為。」

金正運老師說「我們會在重要的事物上做標記，而閱讀也是一種標記的行為。」他的觀點很有趣吧？

這樣的內容會讓讀者「想看看他到底在說什麼」，所以即使是相同的內容，只要用不同的方式、嶄新的觀點、意外的方法詮釋，就能引起讀者的興趣。

嶄新的觀點來自於對讀者的觀察，如果想藉著嶄新的觀點成功引起讀者的興趣，就一定要仔細觀察自己的讀者。用心關注你文章的潛在讀者，當你從不同的觀點切入，就會有截然不同的想法，也就能帶來嶄新或異想天開的訊息。

要怎麼做才能……呢？

用「如果……，就……吧。因為……。」這個公式闡述個人的意見與主張時，很多人都會卡在「如果……」這個階段，這是因為作者並沒有深入了解可能閱讀這篇文章的讀者究竟面臨什麼樣的問題，而「提問法」就是用來突破這個困境的方法。

「讀者想要解決什麼樣的問題？」

大腦很奇怪，只要被問問題就會急著想解決，所以在提問之後你很快就能找到答案。只要用兩行文字，就能完成一段「問答」的內容。

Q：要怎麼做才能寫出邏輯通順的文章呢？

A：運用O·R·E·O MAP。

現在我們把它改成「如果……，就……吧。因為……。」這樣的句型。

↓ 如果想寫出邏輯通順的文章，就用O·R·E·O MAP吧。

1. 藉由問題獲得答案

將問題與答案改寫成「如果……」句型時，有幾點需要注意。首先是問題的範圍不能太大，這樣才容易寫出答案。

「要怎麼做才能夠提高專注力呢？」

像這個問題的範圍就太大了，讓人不知道該從哪個角度切入回答。

↓要怎麼做，才能在不加班的情況下做出公司想要的成果？

問題最好夠具體，也要能夠簡單明瞭地回答。

「如果想過得幸福，該怎麼做才好？」

這個問題也很模稜兩可。要找到合適的答案，就必須要去探討幸福與不幸的定義，但每個人的定義都不一樣，所以這個問題很容易產生分歧。

↓ 如果想在屆臨退休時克服失落感、好好過生活，該怎麼做才好？

如果能用這種具體的方式提問，回答起來就會更容易。

2. 如何回答問題

回答問題時要提出解決問題的方案，而且必須超乎讀者的期待。如果是每個人都能想到、很老套過時的方法，或是最近很熱門的答案，就很難引起大家的注意，畢竟讀者多少還是具備了蒐集資訊的能力。作者必須站在讀者的觀點提出有創意的解決方案，才能獲得讀者的青睞。提出解決方案之後，我們可以再簡單描述提出這個答案的原因。

3. 提問與回答要以問答方式呈現

將提問、回答以及簡單的原因串聯在一起，就成了吸引讀者的文章主旨。

如果想寫出邏輯通順的文章，你只需要閱讀《一百五十年歷史的哈佛寫作課祕訣》。因為這本書將教導大家如何運用「O・R・E・O MAP」寫作工具，透過邏輯思考寫出一篇出色文章。

讓讀者信任、讓讀者因文章好讀而想讀

O・R・E・O MAP 第二階段 原因與依據

現代人都對驗證這件事上了癮，而且還是非常重的癮。就算只是要買一個髮夾，都會有人花上幾天幾夜的時間仔細搜尋相關資訊、找出使用心得，來驗證這項商品是否真的值得購買，更會仔細比較價格。既然手邊就有電腦，查點資訊也不是什麼困難的事。

人們認為，如果不想被網路上鋪天蓋地的假新聞、假資訊欺騙，付出這樣的努力理所當然。因為即使靜靜坐在那什麼也不做，像海嘯般席捲而來的資訊還是會令人不寒而慄。

要有最低限度的說服力和邏輯

對這樣的讀者來說，一篇「因為這樣、那樣，所以你該這樣做、那樣做」的文章實在沒有閱讀的價值，最近的讀者在這方面的要求非常嚴格。

哈佛學生花費四年時間學習如何主張自己的意見，以及該如何證明自己的主張，以求讓對方接受。他們花費大量時間學習如何透過客觀、合理的方式，用足以證明自己主張的事實、資料與範例來說服他人。他們會用合理的方式證明自己的意見，進而讓讀者理解自己的主張；他們學到的並非大聲疾呼，要求讀者相信自己，而是讓讀者自然而然地相信。

如果在課程中遇到剛開始學習寫作的人，我通常不會閱讀他們的文章，因為他們的文章不具說服力。他們想傳達的想法通常都很模糊，或是立論不足，再不然就是根本沒有邏輯。

一篇邏輯不夠嚴謹的文章，裡面只會列出各種資料，再搭配大量的華麗修辭，但實際上就像罹患骨質疏鬆症的骨骼一樣空洞，邏輯更是漏洞百出。一旦寫出這樣的文章，讀者便會懷疑作者的思考能力。待加強的寫作能力，反而可能成為作者的絆腳石。

相反地，如果能讓讀者一口氣讀完，則代表作者的主張很創新，也懂得用有條理又有說服力的證據說明自己的想法。如果一位作者能寫得出這樣的文章，那即使通篇沒有提到一句「請相信我」，讀者還是會對他信賴有加。任教於哈佛大學電機工程系的馬戈・謝爾澤教授曾說：

「如果無法讓別人了解我為什麼會這樣想、這麼做為什麼會有幫助，那就不會有任何人相信我。寫作的目標，就在於讓人們相信你的想法是有價值的。」

可以毫無破綻地闡述任何想法的文章

現在假設你想以「想要把文章寫好，就必須培養觀察力」為主題，寫一篇部落格文章。請試著使用O・R・E・O MAP建立訊息，並歸納出邏輯通順的主張。首先，我們要抓出一個核心主旨。

O Opinion（意見）

想培養觀察力，專注是最好的選擇。

讀者一定會問「為什麼」，接著你就要列舉一些可信的理由，讓他們接受「專注觀察，比拍照或記錄更有幫助」，同時也要找出足以佐證這些理由的資料，證明你的立論是對的。

R Reason（原因）

即使把看到的東西用筆記錄下來或是拍照存證，也還是可能有所疏漏，這對培養觀察力而言幫助不大。

讀者會同意「即使記錄或拍照存證，之後也很難再回想起當時的細節，所以對培養觀察力沒有太大的幫助」這個說法，接著就要證明這些原因是否有實際依據。這樣一來，無論再怎麼難說服的人，也會很快接受你的主張。

說服讀者的資料必須與文章內容有關，且最好是值得信賴的機構所進行的實驗、測試，或是引用專家的話、統計數據等，這都是為了加深讀者對文章的信任。作者親自進行實驗、研究或觀察後獲得的資料，也能對提升說服力帶來很大的幫助。重點在於：所使用的必須是任何人都能接受的客觀資料，這些證據才能夠發揮適當的作用。

「達特茅斯大學腦科學系研究團隊曾邀請四百人參與實驗，實驗結果顯示：如果一個人同時做超過兩件事情，專注力就會被分散，也就無法記得事情的細節。」

如果拿這個資料做為證據，讀者應該都能接受吧？如此一來，就完成了第二階段的原因與依據。

↓即使把看到的東西用筆記錄下來或是拍照存證，也還是可能有所疏漏，這對培養觀察力而言幫助不大（原因）。達特茅斯大學腦科學系研究團隊曾邀請四百人參與實驗，實驗結果顯示：如果一個人同時做超過兩件事情，專注力就會被分散，也就無法記得事情的細節（依據）。

在任何情況下都能擄獲人心的機制

〈Concord〉是全世界唯一以高中生為對象發行的歷史學術論文季刊。該刊物以「寫作實力就是競爭力」做為核心價值，每三個月發行一本刊載十一篇論文的電子雜誌。該刊物的總編輯為了挑選要刊登在「Concord Review」上的文章，會逐一閱讀世界各地的高中生所投稿的論文。他強調：

「最好的文章，就是有趣的文章；有趣的文章就是擁有獨特主張，而且有憑有據的文章。」

他說，「無論切入的角度再怎麼創新，如果沒有足夠的依據，那作者的主張也只不過是詭辯」，強調用邏輯說服讀者是非常重要的事。

如果想以嚴謹的邏輯證明自己提出的意見，就需要確保自己擁有各式各樣的依據。在眾多資料當中，我們的大腦更容易會相信客觀的數值，以下是大腦喜歡的資料類型：

1. 有權威的研究團隊所做的實驗或研究結果。

2. 值得信賴的機構所發表的統計數據。

3. 該領域專家或是權威的證詞。

4. 相關的官方機構認可與認證。

5. 成功的策略或取得最高勝率的案例數據。

當你為了證明自己的主張，而去尋找可當作原因和依據的資料時，偶爾會發現你所蒐集到的每項資料都非常有用，實在沒有什麼可以捨棄的部分；但如果把千辛萬苦蒐集來的資料全數放進文章裡，反而會使文章太過鬆散，無法取信於人。遇到這種情況時，我們必須從中篩選出最精華的資料。當有許多資料都值得一提時，比起一一羅列，我們更應該依照資料的類型或特性來分類，且最好限制在三個類別以內。

讓你的說服力像加了發粉般膨脹數倍

O・R・E・O MAP第三階段　舉例

主辦美國學術水準測驗考試（SAT）的美國大學委員會表示，在作文評分的「寫作」中，評分委員最看重的標準是：

「能夠以多有邏輯的方式，舉出與主題多緊密的範例。」

包括哈佛大學在內，有三、四間美國知名大學都會公開錄取者的作文。這些人的作文內容也是以舉例起頭，再接著講述後面的故事。

這讓我們知道，舉出實際範例給讀者看，就是最能簡單明瞭傳達訊息的方法。列舉出有號召力的範例可以更快傳達訊息，只要一寫出「舉例而言」這句話，讀者就會更專注，再把訊息放入這個例子裡面，讀者就會更容易接受。

讀者或許在O・R・E・O MAP的第一、第二階段，也就是主張個人意見，並以原因和依據來證明的時候，就已經同意作者的意見；但如果想對讀者產生一定的影響，就必須要動搖讀者的感情。就像發粉讓麵包的麵團變得更加蓬鬆一樣，寫作時只要列舉幾個範例，就能讓說服力膨脹三、四倍。接著就讓我們看看此說法是否正確。

以說故事的方式影響讀者的感受

曾經有人做過一個研究，在某個MBA課程中以四種方法對學生說明「某間企業推動不解雇職員的政策」，並比較這些方法之間的效果差異。

・以範例說明
・僅提供統計數據
・用統計數據加以說明
・讓學生瀏覽企業主要經營者所寫的政策報告

最後證實在這四種方法當中，「以範例說明」的方法最有效。以實際範例說明的方式，最能有效說服讀者，這也是一種說故事的技巧。用這樣的方式，就能在講故事的同時，讓讀者毫不懷疑地接受作者所提出的方法，就像下面這樣：

「某個人成功地使用我提供的方法解決了問題。」

「和你遭遇相同問題的人，使用我提供的方法之後解決了問題。」

Opinion（意見）

如果想培養觀察力，專注是最好的選擇。

為了證明這個想法，我們應該要在第二個階段提出有力的原因和依據，如果在這裡能提出合適的案例，就能夠動搖讀者的內心。

「日本作家村上春樹在旅行的時候，不會寫筆記也不會拍照，而是會在回到家之後回想旅行時的事，整理在旅行時留下的印象。」

讀者會喜歡的特殊故事

美國心理學家理查・尼茲彼（Richard Nisbett）教授在學生選擇心理學課程時，提供了兩項資料當作參考。

資料①以統計數據讓學生了解該課程的評價。
資料②以範例讓學生了解該課程的評價。

而在看完資料②的範例之後，選擇心理學課程的學生比另一組多了很多。研究團隊也認為人在做重要判斷時，會更容易去依據先前的範例來做決定。

能引發共鳴的文章，更容易獲得認同

證明「如果……，就……吧」的最快方法就是舉例說明，如果想將單方面的主觀想法儘快傳達給讀者，也需要借助具體的範例、事例和證據。比起抽象的理論，大多數的人在聽到「某人曾經怎麼做」之後，反而能更快理解、接受話者的說法。

有句話說「如果不舉例說明，就無法讓人充分了解」，如果範例在說服別人這件事上具有如此強大的力量，找出值得信賴的各種案例就是最大的關鍵。

1. 符合論點的範例

範例必須和想要傳達的訊息有直接的關聯性。新手作者常會列舉一些跟論點無關的範例，講的好像煞有其事；但如果舉出的例子無法證明自己的主張，訊息的傳達能力反而會變差。

2. 新穎的範例

新手作者會在需要時才到處蒐集範例，他們會忙著到搜尋引擎輸入自己想要的關鍵字來尋找合適的範例。我會這麼說，是因為當新手作者選擇相似的主題時，文章中出現的範例都大同小異。

其實要找到剛好符合個人主張的範例並不容易，要找到創新的範例更比想像中困難許多。對寫作駕輕就熟的人，平時就會蒐集符合個人喜好的範例資料，並在適當的時機拿出來使用。他們會從報紙、雜誌、書籍、研究報告等多方蒐集資料，累積各種範例，這是因為他們知道，所舉的例子如果過於陳腔濫調，想要傳達的訊息就會讓讀者有老調重彈的感覺。

3. 世上獨一無二，專屬於你的範例

其實不是只有別人的故事可以當成範例，如果作者的個人經驗和訊息有直接的關聯性，也可以拿來做為範例。新手作者的文章，大多會寫進許多別人這樣那樣的內容，但

讀者其實並不想透過第三人的描述深入了解陌生人的故事。一個陌生人描述另一個陌生人的故事，實在無法引發讀者的興趣，所以請各位以「身為作者的我曾擁有的經驗」，來寫出符合文章主旨的故事。這樣一來，就能讓你的文章擁有世上獨一無二的全新範例。

4. 引用範例的時候

引用範例並不如想像中簡單。新手作者會將範例鉅細靡遺地描述一遍，這可能會模糊訊息的焦點。但其實範例是為了讓訊息更具說服力，而用於引言的寫作素材，所以我們在傳達訊息時必須簡潔扼要、不拖泥帶水。重新編排範例內容的方法其實很簡單：

- 依照5W1H[3]，重新整理得簡潔扼要
- 將六個項目放在一起，簡單敘述一遍
- 描述的時候，以能襯托訊息的項目為主

如果是少見的範例，則要註明出處來源。在O・R・E・O MAP中，舉例這件事就像新娘的捧花一樣——捧花要美，但不能蓋過新娘的美麗。

---

③何人（Who）、何事（What）、何時（When）、何地（Where）、何解（Why）及如何（How），也稱「六何法則」。

觸發理想反應的扳機作戰

O·R·E·O MAP第四階段 強調意見、提議

以喚醒讀者的記憶作結

羅馬政治家西塞羅結束演說時，聽眾會報以熱烈的歡呼與喝采，稱讚道：「真是太感動了，這是一場很棒的演說。」此外，狄摩西尼在結束演說時也都會說「好，現在就讓我們前進吧」，邀請民眾一起邁開步伐。一篇好的文章，也具有觸發類似行為的力量。

文章寫出來後需要讓人閱讀；如果要讓人閱讀，就需要能讓人理解；如果要讓人理解，就需要能讓人接受。如果你希望讀者閱讀自己寫的文章，並往自己理想中的方向行動，最後就必須做到一件事——那就是要扣下扳機。

現代讀者的專注力可以維持多久呢？據說只有「八秒」。所以光是讀者願意讀到最後，我們就應該要感激涕零了。然而我們也經常忘記，在文章寫到最後一行的時候，應該要對讀者說些話來激勵他們。我們應該要明確地要求讀者「就這麼做吧、請這麼做吧」，而這也是O·R·E·O MAP第四階段要做的事情。

1. 讓主張更明確

在O·R·E·O MAP的第四個階段，可以幫助讀者再次複習讀到最後可能會忘記的內容。只要使用不同於第一階段的陳述方式，就能有效讓讀者產生新的感受，進而勸誘讀者接受自己的意見。

2. 提出執行方案

我們所提出的主要意見中，必須包括「就……吧」的提議，而且這時要更具體地提議，才能促使讀者立刻開始執行。試著向已經充分被你說服的讀者，提出一個讓他們開始著手進行的大方向。

◎ Opinion / Offer（強調意見與提議）

如果想培養觀察力，就別把筆記本和相機帶出門。這樣一來，你就能全神貫注地觀察眼前的事物。

這樣文章的最後一段就完成了，再來就是將O・R・E・O MAP的四個階段串聯起來。

◎ Opinion（意見）

如果想培養觀察力，專注是最好的選擇。

Ⓡ Reason（原因）

即使把看到的東西用筆記錄下來或是拍照存證，也還是可能有所疏漏，這對培養觀察力而言幫助不大。達特茅斯大學腦科學系研究團隊曾邀請四百人參與實驗，實驗結果顯示：如果一個人同時做超過兩件事情，專注力就會被分散，也就無法記得事情的細節。

Ⓔ Example（範例）

日本作家村上春樹在旅行的時候，不會寫筆記也不會拍照，而是會在回到家之後回想旅行時的事，整理在旅行時留下的印象。

Ⓞ Opinion / Offer（強調意見）

如果想培養觀察力，就別把筆記本和相機帶出門。這樣一來，你就能全神貫注地觀察眼前的事物。若是能在一離開現場後，就立刻記錄下幾件印象深刻的事，更能幫助記憶。

麥肯錫顧問一定會遵守的絕對原則

麥肯錫聚集了一大群思考高手，這些善於思考的顧問都必須遵守公司要求的溝通方針。

「從結論開始說，要說得有邏輯，而且在三十秒內說完。」

麥肯錫顧問群最為知名的特色，就是對邏輯思考與想法表達的能力要求十分嚴格，他們有一些絕對不容觸犯的禁忌：

那就是「在公司內部或跟客戶開會時，絕不能只提出問題，卻不提出解決方案。」

麥肯錫強調，只提出問題卻不提出解決方案，就只是在浪費對方的時間，所以顧問必須依據邏輯提出適當的對策或解決方案。這點也證明：如果你的訊息缺少對於執行方案的提議，看起來就是會有哪裡不夠完美。

不浪費時間的溝通方法

新手作者的文章經常只提出問題，卻沒有後續的建議。這類的文章內容大多在寫「因為這些原因，所以才會有這個問題」，讀完之後一定會讓人想問：

「所以呢？要怎樣？」

甚至有時候在網路上讀完所謂專家的文章之後，也會讓人產生類似的反應。因為這些人的文章裡都只有個人意見，除了個人意見之外，他們並沒有再加入意圖、建議、對讀者的督促，這會讓整篇文章的訊息不夠完整。而這也是O·R·E·O MAP第四個階段要發揮「提議」功能的原因。

光只是提出問題的文章，就像是把到處挖來的數據、專業知識和用語，一股腦地塞進文章裡頭，字裡行間流露出作者意圖顯示「我連這些知識都知道」的驕傲。

各位還記得前面介紹過的邏輯三劍客「結論、原因、依據」吧？沒有告訴讀者「該怎麼做」的文章，就像是下了結論卻沒有說到重點，感覺毫無邏輯、不知所云。如果將這種文章公諸於世，等於是明白告訴社會大眾，這篇文章的作者的思考方式有多麼缺乏邏輯。

1. 提出為讀者著想的解決方案

當讀者讀完一篇以特定事例點出問題、驗證問題所在，緊接著提出解決方案的文章，他們自然會認同作者針對該問題所進行的充分研究。站在讀者的立場思考，正因為作者主動提供了可執行的解決方案，他們自然會非常感謝這份心意。

日本小說家村上春樹在寫自己喜歡啤酒和炸牡蠣時，也會順道告訴讀者「炸牡蠣時，最好正面炸四十五秒，翻面再炸十五秒」的料理方式。我們必須努力寫出像這樣不只是提出問題，還要提供解決方法的文章。

「如果想一輩子不愁退休，那就要擁有一本自己的書。」

如果要用這句話來寫一篇文章，就必須詳細寫出「想一輩子不愁退休，就要擁有一本自己的書」的原因，也要闡述擁有一本書具備什麼樣的意義，並親切教導讀者該如何達成這個目標。

你還必須把解決方案寫得非常簡單，有如每個人都能輕鬆上手的食譜。一份簡單好懂的食譜，必須將準備食材的方法、處理食材的方法、適合這道料理的刀工與火候、料理的順序、擺盤等所有讀者想知道的資訊，分階段詳細介紹，甚至必須一併介紹吃剩下的料理該如何保存等方法。

2. 世界上獨一無二的祕訣

提出問題後還要再寫出解決方案是相當費神的事情，但即使你費盡心思做到了每一個細節，有時候文章還是無法打動讀者。比如說，當你提出的解決方案太普通，就可能會遇到這樣的問題；再不然就是不知道從哪找來連自己都沒試過的方法，直接寫進文章裡要讀者嘗試看看，這樣一來讀者當然不可能買單。

這時我會問作者「遇到這樣的情況，你會怎麼做」，藉此了解作者自己的經驗。待作者回答後，我就會建議他直接把這樣的內容寫進文章裡；但當我這麼說完，作者十之八九會反問「可以這樣寫嗎？」

如果想針對某個問題提出解決方案，就要先想想自己面對相同問題時，會採取怎樣的做法，接著再把這個方法告訴讀者。請將你長期以來累積的經驗，當作是訣竅分享給讀者，當你講述自己的經驗時，訊息就能夠發揮最大的說服力。

請公開你知道的祕訣吧！不要說教、無須說明，只要提供訣竅就好。如果你能成為讀者心目中「給予幫助的人」，讀者就會認為你很有魅力，而那樣的魅力可以發揮廣大的影響力，進而影響更多人。在社群時代，能提供有用訣竅的人，就是能對大眾發揮自己影響力的人。

原因與依據可能混淆時就這樣做

有很多人會混淆原因與依據。許多人認為原因與依據是一樣的意思，只是說法不一樣而已，就連聰明絕頂的麥肯錫顧問，在新人時期也會分不清原因與依據，所以麥肯錫會教新人該如何迅速分辨這兩者的差異。

「雨傘（結論）—雨（原因）—天空（依據）」

你正準備外出，弟弟說：

「帶把傘吧，好像要下雨了，天空都是烏雲。」

請看這個句子，雨傘是結論、雨是原因，天空則是依據，這樣就能輕鬆區分原因和依據了吧？在原因和依據有可能混淆時，就試著回想「雨傘、雨、天空」這個例子吧。

用O‧R‧E‧O MAP寫得更好 ❷

以詞彙與句子組合成O‧R‧E‧O MAP

接下來就介紹如何運用O‧R‧E‧O MAP輕鬆建立寫作主題。請各位將個人想法依照相對應的「O‧R‧E‧O」階段整理成一句話。將想法整理成一句話之後，後面的句子自然就會出現。在這裡有一個請務必遵守的規定，那就是「必須寫出具備必要元素的完整句子」。

O Opinion（意見）：上班時間彈性調整為八到十點。
R Reason（原因）：強化員工對公司的忠誠度與榮譽感。
E Example（證明）：有許多公司參與每週五十二小時工時制。
O Opinion（意見）：從十月一日起實施，在八月底完成協商。

假設我們將O・R・E・O MAP整理成上面這樣，寫給公司的報告就會變得很簡略。這個方式看來簡潔，但內容模糊，報告也會變得有些模稜兩可，究竟是要調整誰的上班時間？到八月底之前要完成的協商，是誰跟誰的協商？如果一份報告會讓人產生這些疑問，那麼不僅無法迅速報告重點，提出報告者還可能會被認為處理事情不夠嚴謹。所以這次，就讓我們改用具備必要元素的完整句子整理整個狀況。

Ⓞ Opinion（意見）：讓我們公司的員工，可以在八點到十點之間彈性上班。

Ⓡ Reason（原因）：藉由調整上班時間，員工會更心向公司，也會更有榮譽感。

Ⓔ Example（證明）：有許多小公司導入每週五十二小時工時制度，讓員工能兼顧工作與生活。

Ⓞ Opinion（意見）：在八月之前和員工們完成協商，讓公司可從十月一日起開始實施此政策。

簡單明瞭的想法來自於完整的句子

一句話會隨著一個人的想法而具備不同的意義。如果一句話不夠恰當，就表示想法也不夠周全，所以我們必須養成在整理想法時用完整句子表達想法的習慣，這樣一來才能提出具體且明確的想法。所謂完整的句子，是指在傳達訊息時不會有任何不恰當之處、完整具備一句話應有的主詞、動詞、受詞等元素。

在職場上，我們受到說話要簡明扼要的文化所影響，習慣只把幾個關鍵字拼在一起，撰寫「條列式」的文章。但這種習慣會使我們的想法變得鬆散，不但難以把想法簡化成一句話，也很難好好寫出一個完整的句子。所以接下來我要分別介紹，在「O·R·E·O」各個階段有哪些句型可以幫助你整理出好的想法。

Ⓞ Opinion（意見）：如果……，就……吧。

離職之後還想有錢賺，就要出一本屬於自己的書。

Ⓡ Reason（提出原因）：因為……。

因為出書之後，你很快就會成為人們口中「有能力的人」。講師協會的研究資料顯示，在專業講師當中，擁有個人著作的講師可以獲得更多的講師費。

Ⓔ Example（提出範例）：舉例而言。

舉例而言，前高級公務員A先生出版了《理工科公務員專用溝通方法》這本書之後，公家機關的演講邀請便如雪片般飛來。

Ⓞ Opinion / Offer（強調意見）：所以，如果，就……吧。

所以，如果離職之後想要維持收入、不愁退休，那就出一本自己的書吧。首先你可以在部落格分享自己的文章，藉此與讀者交流。

用O·R·E·O MAP寫得更好 ❸

說服的力量就是串聯的力量

了解O·R·E·O MAP四階段後，你或許已經發現，如果沒有適合每個階段的資料，這個寫作工具就會變得毫無用武之地。由此可知，「寫作的力量就是串聯的力量」，寫作的決勝關鍵在於資料是否完整。如果想好好活用O·R·E·O MAP，就必須先準備好具備個人想法的寫作題材。

寫作是在先完成大致的構想後，才開始和資料進行另一場搏鬥。由於寫作本來就是件抽象的事，所以我們必須事先規劃好寫作所需的藍圖，再去準備合適的資料。

寫文章時會覺得困難或混亂，大多都是因為沒有依照「O－R－E－O」的階段準備寫作題材。前面提到，那位接受並刊載世界各國高中生論文來稿的〈Concord〉總編曾說過，花愈多時間蒐集文章所需的資料，就愈能提升文章的完成度。

「在人工智慧的衝擊之下，現存的職業將有七成會消失。」

現在假設你是個上班族，某天突然看到這則新聞。你應該會好奇，那消失的七成當中有沒有自己的職業，同時也會想著：

「如果想阻止人們因人工智慧崛起瀕臨失業的慘劇，那該怎麼做才好？」

當然，其他人也會跟你有一樣的想法。於是，你覺得應該要寫一下跟這個主題有關的文章，分享到部落格上跟周遭的人分享。那就讓我們先從問題開始寫起吧。

「如果不希望自己的工作在人工智慧的影響下消失，該怎麼做？」

要回答這個問題，首先應該要蒐集資料；而為了蒐集正確的資料，必須詳細羅列出問題：

- 人工智慧會使現存七成的職業消失的原因與背景為何？
- 具體來說有哪些職業會消失的？
- 有哪些範例或推論足以證明上述兩個問題？
- 有哪些人會因為新技術失去工作？
- 有哪些人會因為新技術獲得機會？
- 從事那些即將消失的工作的人，接下來該怎麼辦？
- 針對這些問題，專家有什麼建議？
- 那我自己的工作會怎麼樣？

- 如果我的工作也可能會消失，該怎麼做才好？
- 所以面對人工智慧衝擊，我的結論是什麼？

針對這些詳細的問題，仔細且詳實地蒐集資料、分析，再以批判性的角度解讀，就能整理出一個想法的主軸，這個想法正是「如果不希望我的工作在人工智慧的影響下消失，該怎麼做」的答案。現在讓我們一句一句來寫。

「如果不想要自己的工作在人工智慧的影響下消失，就……吧。」

把「O－R－E－O」當成是一格一格的抽屜，再把事先蒐集來的資料放進適當的抽屜裡，最後將分配好的資料串聯起來，就可以完成O・R・E・O MAP和文章主旨。雖然這只是一個假設，但你應該不難從這個例子裡面發現：從什麼樣的角度、以什麼樣的標準去蒐集資料，會影響你驗證個人主張的難易度。

用O·R·E·O MAP寫得更好 ❹

像哈佛學生一樣運用資料

文化研究專家趙成延先生是如何蒐集到這麼多的故事？根據資料顯示，他星期一會閱讀紐約時報，星期二閱讀法國世界報，星期三閱讀日本時報……據說他就是透過閱讀知名海外報社的網路新聞，蒐集可以在節目上分享的內容。

寫作素材就是O·R·E·O MAP這個引擎的燃料，要蒐集可以用來主張個人意見、證明個人想法所需的原因、依據、範例及真實案例，才能驅動引擎。新手作者大多只會用常用的搜尋引擎蒐集資料，稍微勤勞一點的人則會再另外透過不同平臺幫忙。

但只用這種方法，不容易找到能對讀者發揮效用的高水準資料，我們必須涉略相關書籍、報章雜誌、研究資料，有時候還得去找專家進行訪談。

蒐集到的資料水準，就代表作者的水準

我也會在寫書或寫文章之前先蒐集很多資料。我會找出自己讀過的書中曾提到的資料來源，從資料的源頭開始閱讀，以增加自己對資料的理解。

另外，我也改用日文在 Google 上搜尋，因為唯有這樣才能獲得更多不同的資料，寫出的內容也才會比其他相同主題的文章更有趣。不管是大量蒐集資料，或是將資料加以分類以便隨時取用，都是我的特長。

1. 配合寫作主題尋找新的資料

日本知名行銷顧問坂本啟一這樣建議：

「如果決定要包餃子，那就別去管冰箱裡面還有哪些食材，而是應該要準備全新的

食材來包。」

用O・R・E・O MAP建立訊息時，也不要依賴自己原本就知道的資訊和已蒐集好的資料，而是要尋找新的資料。

2. 別只侷限在文字，而是要全面搜尋

如果希望個人意見更具說服力，就不要只侷限於文字，而是要從各個不同的領域蒐集資料，這樣才能符合不同讀者的喜好。從連續劇和電影這種大眾藝術，或是報紙、雜誌、紀錄片等報導中獲得的資料，都是引發讀者共鳴的絕佳素材，作者如果能透過這些途徑傳遞個人想法，讀者肯定會感同身受。

3. 以自己的方式詮釋所蒐集的資料

為了杜絕抄襲的可能性，哈佛達學教導學生在引用他人的文章時，必須「重新解釋

（paraphrasing）」。

所謂的重新解釋，也就是只保留這段資料原始的意思，並以全新的方式來撰寫。用自己的方式來詮釋蒐集到的資料，資料就會逐漸累積在腦海中，能在需要時隨時取用。蒐集完資料後如果不加以整理，需要時就無法立即使用，這其實等同於沒有蒐集資料。

4. 將資料歸納成「T&D」格式

請將資料整理成標題（Title）和內容（Description）的格式。閱讀完蒐集到的資料、重新撰寫，並為這段資料重新下一個標題，就能加深我們的記憶。將資料重新撰寫過後，也要將自己對資料的想法或感覺一併記錄下來，並加註原本的作者和出處。腦科學專家表示，用這種方式整理資料可以將資訊符號化，讓我們印象更深刻，也更會經常將這些資料拿出來使用。

5. 將蒐集到的資料分類

請將蒐集到的資料按照主題分類保管。就我個人的習慣來說，我的電腦裡有一個名為「寫作素材」的資料夾，底下還有數十個不同主題的資料夾，以「標題與內容格式」整理好的資料都會儲存在合適的資料夾底下。

6. 要一一親手整理資料

如果用複製、貼上的方式整理從網路上找來的資料，過陣子就會發現自己完全不記得資料的內容。所以如果想要在需要時能直接使用自己努力蒐集的資料，就必須花時間親手整理這些資料。這其實不是件容易的事，但也是將蒐集到的「別人的資料」變成「自己的資料」的途徑，絕對不能輕忽。最重要的是，唯有親手一一整理過，才不會讓別人的想法和自己的想法在腦袋裡打架，這也能防止我們混淆自己和他人的想法，避免抄襲的危險。

7. 整理時要將資料寫成完整的句子

「防止到職一年後就離職」

假設有一個資料的描述像上面這句話一樣簡短，我們便無法得知究竟是誰、要怎麼樣、做到什麼事情了。所以將資料整理好放入資料夾的時候，敘述方式要盡量符合5W1H原則，改寫成有主詞、動詞、受詞的句子。

↓我們必須防止員工到職一年後就離職的問題。

8. 建立文句詞彙資料庫

將腦海中的想法整理完畢後，還是有很多人會因為無法順利將想法化為具體文字而感到鬱悶。這時，偶然從別人的文章裡讀到的詞彙或是句子，就很有可能為我們帶來一線曙光。

運用詞彙或寫出通順句子的能力，並不是透過學習而來，而是一種在閱讀各式各樣的文章後，經過整理和模仿，讓詞彙與文句內化為個人資產的技巧。首先，我們應該要蒐集不同的句子，所以我建議你現在就打開網路社團，建立專屬於你的文句詞彙資料庫。網路社團都有搜尋功能，也方便我們搜尋要使用的句子或詞彙。

「有力量的文章都很簡潔。在句子之中不能有不必要的單字，在段落之中不能有不必要的句子。每個詞彙都不能是多餘的，必須清晰傳達出自己的聲音。」

——小威廉・斯特倫克

只要擁有能簡明扼要表達個人意見的能力，自然就能脫穎而出。無論你想傳達的訊息是什麼，如果想寫得簡單易懂，祕訣就在句子要紮實完整；一個紮實完整的句子，就必須要有正確且簡明扼要的結構。

第四課

用 O.R.E.O Map 輕鬆簡單寫散文

不費力就寫出一篇有傳達力的文章

哈佛學生的寫作課會細分等級和水準，無論在哪個等級的課程中，都必須寫出三篇有一定份量的長文；而要獲得畢業學分，則一定要在寫作課拿到D以上的成績。

哈佛學生會學習如何有邏輯地寫作，也就是學習描述、表達自己的意見，同時學習寫作需要的所有技巧，包括：下標題、寫引言、分段落、引用他人的資料，並為引用的資料負責等等，甚至是學習如何加強句子本身傳達訊息的力量。如同建立訊息的過程，學生在寫文章的同時也會面臨各種問題，校內的寫作中心則會對此提供一對一的專家指導，幫助學生解決困難，透過寫作的過程學習。

主題式短文是有條理地傳達個人想法與意見，並讓讀者做出理想反應的最佳格式，而這也是哈佛大學的教育目標之一。

「讓所有學生學會如何寫出易讀的文章、學會以有說服力的方式寫作。」

培養敘事能力的短文寫作

美國曾經分析記錄醫師與患者會面的影像，發現醫師聆聽患者說話的時間平均不超過十一秒，所以患者總是感到相當不滿。而以韓國的情況來看，住進大學醫院的患者，多在「安慰與共鳴指數」這一項給醫師的表現打了最低分。

事實上，醫師若想預防醫療糾紛發生，就必須好好與患者和家屬溝通。

那要怎麼做，才能讓醫師好好與患者和家屬溝通呢？我們可以在美國知名醫學院的課程中找到答案。

美國哥倫比亞大學醫學院的學生必須額外學習文學和寫作，學習這兩個課程的目的就在於培養敘述能力。負責這個專案的小說家內利・赫爾曼打包票說，上完這堂課後，學生就能擁有足以創作小說的敘事能力。所謂的敘事能力，就是在蒐集好需要的資料後，以說故事的方式將內容傳達給讀者，幫助讀者迅速接收訊息重點。

短文寫作是培養敘事能力的最佳捷徑，所以哈佛學生會用短文闡述自己的寫作目標，並藉此向讀者傳達個人想法。

竟然連寫一句話都覺得困難

一位曾在跨國企業任職的準作家，如此吐露他遭遇的困難：

「我在職場打滾將近四十年，已經是寫報告的高手，再怎麼複雜、冗長的內容，我都能簡化整理成一頁一目瞭然的報告。無論職級高低，公司的大家都會來向我學寫報告。但離開公司之後我才驚覺，寫一篇文章怎麼會這麼困難？」

因為在職場打滾愈久，就愈熟悉職場所需的變形式寫作。所謂的變形式寫作，指的是簡要且簡短地以沒有主詞、只有幾個單字的方式，來表達個人的想法或傳遞訊息。這種文章通常都是以名詞的型態結尾，也不太會顧及文法、邏輯；但如果用這種方式來寫其他文章，會給人一種強迫感，不僅沒有說服力，更讓文章顯得無趣。職場上之所以會採用這種無聊且枯燥的寫法，是因為組織內的人已經熟悉彼此，也已經事先聽過、看過或了解過事情的概況。

幾十年下來養成這樣的習慣後，就比較難寫出一般的文章。甚至連要寫出一句主詞、動詞分明的句子都會感到困難，當然就更不用期待自己能寫出一篇流暢、有說服力的文章。而要求讀者閱讀一篇硬寫出來的文章，也是一種痛苦。

不過當我們運用O·R·E·O MAP建立文章的核心主旨，並證明這個主張之後，接下來該做的事情，就是要將這些資訊傳遞給讀者。

哈佛大學會教導學生使用「五段式短文」傳達主旨。在短文寫作的階段，為了迅速傳達文章主旨，會需要應用單字、組成句構、段落或標題等細膩技巧。這些技巧即使花上十四年都沒辦法精通，更別說是只用四年了。

其實即使是專業作家，也是在寫作的過程中逐步累積文句描述與訊息傳達的技巧與經驗，他們同時也會請專家協助指導。接下來，我將介紹短文寫作與訊息傳達所需的幾個基礎但具決定性的技巧。

像記者一樣寫作，像作家一樣傳達訊息的哈佛式短文

肯・羅賓森是以擅長寫作聞名的創新創造與人力資源專家，同時也是創下TED影片最高點閱紀錄的演講者之一。他曾透露寫作與演講的個人祕訣：

「短文寫作有一個經典公式，一篇好的短文需要具備『如何達成什麼事情、接下來該做什麼』這些元素，演講也一樣。」

大腦喜歡的故事

讀者或聽眾，總是會好奇這三件事：

① 是什麼事情？
② 所以要怎樣？
③ 那要做什麼才能達到目標？

人的大腦喜歡故事更勝於事實真相，所以在說服一個人的時候，如果只列出必要的數據，其實無助於大腦迅速理解狀況。我們必須將主題濃縮，轉換成具一致性且有邏輯的故事，大腦才能迅速接收訊息並快速掌握狀況。

以這個理論為基礎，我們可以找出符合讀者喜好的三個答案，而O・R・E・O MAP能夠運用你的想法和蒐集到的資料，幫助你整理並闡述想表達的內容，再提出足以佐證的原因、依據，最後以實際案例說服讀者，並提供合適的執行方案。單靠邏輯和理性是無法說服他人的，而在利用O・R・E・O MAP建立的寫作內容與訊息當中，不僅包括事實、數據、研究結果等讓文章更豐富的內容，還能讓文章更有條理、更有說服力。

所謂的「哈佛式短文」，就是在主張、證明文章主旨的過程中，搭配數據、事實、範例、證詞等許多資料，以有邏輯的敘事方式完成的文章。

即使我們將透過O·R·E·O MAP歸納出的訊息原封不動地寫成短文，這篇短文也會符合能幫助大腦快速理解、記憶的故事法則。只要懂得運用這個原則，就不需要另外學習將訊息融入文章的技巧。

由於利用O·R·E·O MAP歸納出的想法有一致性，原因和結果間的連結也十分緊密，不會有任何矛盾，所以能迅速傳達重點，在邏輯上也不會出現任何破綻，能迅速讓讀者做出你要的反應。

為什麼哈佛大學要教短文寫作？

如果需要向讀者傳達個人思考某件事後歸納出的結果，哈佛大學會建議學生使用「短文」。哈佛會嚴格評價報考學生撰寫的入學作文，韓國也曾翻譯出版哈佛學生的短文集。這些文章十分出色，無論是在挖掘話題的能力、讓話題更有趣的技巧或是寫作能力方面，都有相當的水準。

以短文通過寫作能力評價的哈佛新生，會在未來四年間更深入學習短文寫作。入學後要學習的短文寫作，必須兼具邏輯與說服力。這些短文雖然具備論文的格式，卻沒有論文那麼沉重嚴肅。

不僅僅是哈佛大學，包括美國在內的歐美國家，都相當看重表達個人意見的邏輯論述。無論是上臺發表，或是以分享為目的撰寫的短文，都必須要具備完整結構，以求讓讀者儘快接收作者想傳達的訊息。除了論文、業務寫作、虛構創作之外，幾乎所有的寫作需求都可以用短文完成。我們最近經常可以接觸到「專欄」文章，指的是刊載在報紙（或網站）上、針對社會議題發表的文章；因為沒有主題限制，所以更適合以短文形式來發揮。

哈佛式五段落寫作的條件

短文的寫作方式是提出一個核心宗旨，並以適當的原因和合理的依據支持、證明個人論點。短文必須一次只傳達一個訊息，並從能幫助讀者迅速理解重點的內容開始寫起，才能夠讓讀者保持專注。而緊緊抓住讀者目光與關注程度的方法，就是照著讀者想知道的順序，清楚排列出他們應該知道的內容。

「是什麼內容？↓為什麼要這樣？↓所以該怎麼做？」

讀者好奇的順序如上所述。短文的內容也應依照這個順序排列，才能夠滿足讀者的好奇心。「五段式短文」正是按此順序將文章分成五個段落的短文。它同時遵照了「序論、正文、結論」的敘事結構，以三大段落強化文章的結構。

短文必須針對同一個主題，以合適的敘述方式、前後連貫的邏輯撰寫。寫作時最先要考慮的重點，就是寫出結構完整、吸引讀者且簡單易讀的文章。達到這些條件，才能將訊息迅速傳達出去。哈佛學生在練習寫短文時，會要求短文一定要具備以下五個條件，而我們則可以使用以O・R・E・O MAP建立起的四階段訊息，輕鬆地寫出五段式哈佛短文。

1. 一次只談一個主題

一篇短文只能有一個核心宗旨只能有一個，這樣要傳達的訊息結構才會完整，也才能迅速傳達重點。

2. 要具備邏輯說服力

以事實、數據、範例、證詞等各種資料，搭配通順的邏輯說服讀者。

3. 以句構完整的文章描述內容

不完整的句子難以完整表達作者的想法。如果句子不夠完整，自然無法正確傳達文章主旨。

4. 發展成五個段落

一般的散文結構是「序論、本文、結論」，哈佛式短文也是以這個結構為基礎，引言和結論各占一個段落，本文則占三個段落，以總共五段的形式完成文章。

5. 控制在一千五百字左右

一千五百字是能讓人一口氣讀完的最佳長度。只要將字數控制在一千五百字上下，讓讀者能在三分鐘左右讀完，就算是近年來專注力較差的成年讀者，也都能毫不費力地讀完文章。

O·R·E·O MAP寫作就像組裝樂高

在這個充斥著假新聞的年代，只要能吸引讀者目光就算是一種成功；但如果沒能讓讀者把文章內容讀完，自然無法產生作者想要的反應。為了寫出讓讀者從標題到最後一句話都能保持專注的文章，哈佛大學便想出了「五段式寫作」這個策略。精通分段式寫作，其實就是懂得有邏輯地思考、闡述想法的證據。哈佛學生會利用五段落結構練習寫作短文，透過練習熟悉分段寫作。畢竟無論是怎樣的技巧，只要不斷練習就一定能夠精通。

比組裝樂高更簡單的段落式寫作

如果想以有說服力的方式傳達訊息，就要蒐集許多想法和資料。如果沒有將資料加以分類、排列，幫助讀者迅速理解，讀者就會覺得讀起來很不舒服，甚至讀個三、四行就會放棄。

寫作高手擅長分段。他們會以想表達的意思區分內容與段落，流暢地將每一段串聯在一起，寫出能讓人一口氣讀完的文章。如果能將短文分成幾個段落，就能讓讀者更快掌握文章的主旨，也可以幫助讀者對內容有正確的理解。在網路上寫作時，如果也能依照個人想表達的意思來分段，搜尋引擎就能很快抓到該段文章的主旨，也能加快搜尋資料的速度。

不過，如果我們使用O·R·E·O MAP寫短文，其實就可以不必另外學哈佛的五段式短文寫作技巧。因為O·R·E·O MAP分為四個階段，每個階段就是一個段落，只要配合邏輯跟段落主題將想法蒐集、整理好，再以便於讀者理解的方式排列，就能寫出完整的段落。這就像將樂高一個個組裝起來，最後拼成一個作品一樣，只要依照「O—R—E—O」的階段寫作、串聯，就能完成文章的草稿。

分段式寫作的過程

讓我們試著使用O・R・E・O MAP撰寫文章吧。請配合「主旨、原因與依據、範例、強調意見」一個階段的主題，寫出一個簡明扼要的句子（請參考第133頁：用O・R・E・O MAP寫得更好❷）。

整理出來的句子會成為文章每一段落的主旨，我們只要以最一開始寫出來的這句話為主軸，補充足以佐證的詳細內容，就能完成一個段落；而且利用這種方式寫出來的段落，幾乎就像一篇迷你短文一樣完整。

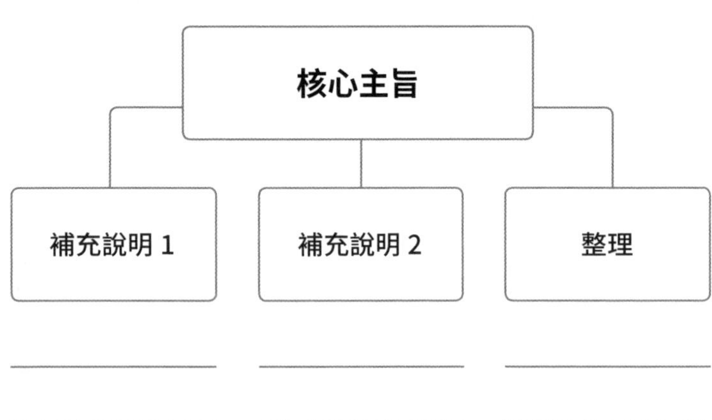

只須透過這個簡單的過程，就能完成「核心主旨、原因與依據、範例、強調意見與提議」這四個段落。只要再加上一個足以勾起讀者興趣的引言，整篇文章就臻至完美了。

請各位看看下方的「哈佛式五段式短文」圖解，這是以哈佛學生常用的五段落短文為基礎，所歸納出來的簡單流程圖。

哈佛五段式短文

引言

主要訊息
Opinion

原因、依據
Reason

範例
Example

結尾、強調／提議
Opinion / Offer

包括主軸、補充說明、詳細內容在內，各段落的份量大約在三百字左右就夠了。讓我們實際來嘗試看看吧。

我們現在已經搭配O·R·E·O MAP，完成提出個人主張的Opinion階段了；接著，就要用這句話來寫成一個三百字左右的段落。

◎ Opinion（主張）

如果想培養觀察力，專注是最好的選擇。

① 核心主旨

如果想培養觀察力，專注是最好的選擇。

② 補充說明1

IBM全球行政總裁研究（Global CEO Study）報告指出，全球六十個國家主要企業的一千五百多位最高經營者，認為創意是「未來五年企業經營與領導能力最重要的元素」。了解到企業未來取決於創意之後，許多企業便開始追求創意與創新。

③ 補充說明2

如今創新已不再是一個選項，而是左右企業生存的關鍵。雖然人人都高喊著要創新、創意，且積極追求這兩項目標；仔細看看成功的案例，就會發現創新一直都是源自於觀察一些微小的事物，並從中發現些一些不同之處開始。

④ 整理

創意並不是從零創造出世界上沒有的東西，而是由觀察能力主導。我們眼前所見的事物並非全貌，如果想看清楚，就必須仔細去看。而如果想要好好觀察，筆記或是拍照等行為，反而會妨礙我們的專注力。所以，如果想看清一件事物，就應該培養用心、長時間、深入、緩慢觀看的習慣。

只要將每一段必要的主軸及補充說明串在一起，就可以寫成大約三百字的段落。

↓如果想培養觀察力，專注是最好的選擇（主軸）。IBM全球行政總裁研究（Global CEO Study）報告指出，全球六十個國家主要企業的一千五百多位最高經營者，認為創意是「未來五年企業經營與領導能力最重要的元素」（補充說明1）。了解到企業未來取決於創意之後，許多企業開始高喊並積極追求創意與創新。但仔細看看成功的案例，就會發現創新一直都是源自於觀察一些微小的事物，並從中發現些一些不同之處開始（補充說明2）。創意是由觀察能力主導，而觀察時最重要的是專注。如果想培養觀察力，最好不要帶筆記本或是相機到現場，因為這樣才能夠全神貫注地專注在自己眼前的東西上（整理）。

寫出願意讓讀者花一百八十秒的文章

寫作這個行為就像在向讀者說話。如果想跟路上的陌生人搭話，首先必須讓對方停下腳步、回頭，再讓他產生想聽你要說什麼的興趣；如果無法引起讀者的興趣，想跟他們說話幾乎是不可能的任務。

跟讀者搭話是有時間限制的。我們只能用0·3秒讓路人停下腳步、只能用0·8秒讓人回頭，然後只能用4·4秒讓對方聽自己說話。這有可能辦得到嗎？先不論可不可能，總之如果想讓人閱讀你的文章，你就必須要跨越0·3秒、0·8秒、4·4秒這幾道高牆。

0.3－4.4－180秒，然後8秒

讀者給你的文章的時間，是 0.3－4.4－180 秒

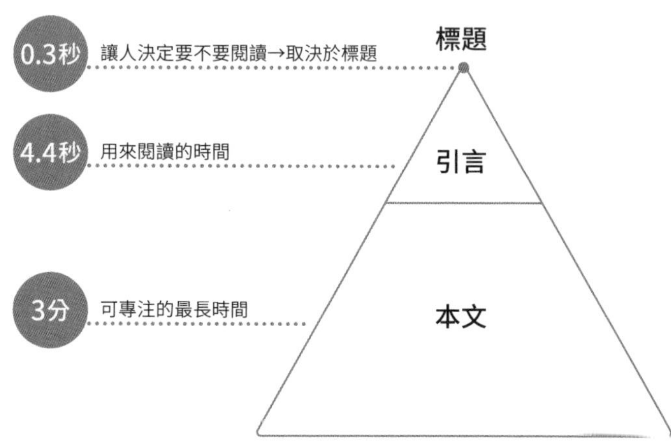

腦科學家與心理學家曾經研究過，人判斷是否要做一件事情的時間只有0・3秒，而停留在特定網頁的時間只有4・4秒。

根據研究結果，讀者願意用來閱讀文章的時間只有最一開始的0・3秒，如果在這一瞬間無法獲得青睞，你寫的文章就等於不存在於這個世界。即使因為標題被選中，接下來還必須跨越4・4秒的障礙。

依序翻越0・3秒、4・4秒這兩道牆之後，接下來就必須讓讀者在一百八十秒內讀完這篇短文。現代人只要在Google搜尋欄位輸入文字，就能夠連上整個世

界，對每一件事物的專注力只能維持八秒。因此，在每八秒專注力就會被其他事物搶走的情況下，我們必須寫出夠精彩的文章，讓讀者可以專心一百八十秒。

一看到機會就要把握

如果想用哈佛式短文將透過O·R·E·O MAP歸納好的訊息傳達出去，最重要的一點就是：無論寫什麼，都必須讓讀者願意閱讀你的文章。如果想迅速把重點傳達給讀者，並讓讀者做出你要的反應，首先就必須引起讀者的注意，吸引他們閱讀，然後讓他們可以讀到最後，進而了解你的提議。

要完成這個困難任務的第一棒跑者就是標題，接下來則由引言接手。當讀者讀完引言之後，接著就要靠著以O·R·E·O MAP建立的紮實訊息支撐。這裡的重點在於「標題與引言要怎麼寫，才能夠完成這個困難的任務」。

好讀又能迅速讀完的短文結構

在一千五百字左右，一次傳達一個訊息
三分鐘以內引起作者想要的反應

標題
激起 0.3 秒的興趣

引言
在 4.4 秒內引起關注

本文
具備有條理、有邏輯的完整性

結論

獲得青睞的文章關鍵：標題三階段

現代人都是資訊肥胖（infobesity）患者，能維持專注力的時間只有僅僅八秒，比金魚更短。無論是新聞、部落格文章、網路文章、廣告、電子郵件，他們都只看標題就略過。近來這種只看標題的人，被稱作「標題消費者（headline shopper）」。

對標題消費者來說，如果報紙、網頁、書籍、雜誌的標題不夠引人注目，他們連看都不會看一眼；而你的文章如果被閱讀，就代表你的文章在這樣殘酷的環境下能獲得讀者的青睞。如果你希望自己雀屏中選，那就必須在標題，也就是從文章的第一句話就贏得讀者的選擇。

簡潔有力的十五字左右

標題是所有文章的第一句話。第一句話存在的意義，就是讓人想要接下去讀第二句話；第二句話存在的意義，則是讓人想讀第三句話。這也就是說，如果讀者不讀第一句話，那就不會有接下來一連串的事件。

想寫出受讀者青睞的第一句話，那你該寫的不是文章的題目，而是類似新聞的標題。分析在臉書獲得最多分享與按讚的文章，你就會發現這些文章大多都有一個敘事性的標題。

「高溫警報，夜晚海邊人滿為患」

「歸國海外留學生遽增」

「汽油價格飆漲，民眾減少自駕」

如果短文的命運取決於標題，那該怎麼寫才能夠在0．3秒內吸引讀者？我認為要達到這個目標，標題應該要控制在十五個字以內。

之所以訂定這個標準，是因為我發現外國電影的韓文字幕大多都是分成兩行，一行七個字（註：臺灣字幕會放為一行）。

• 題目（Title）：告訴對方是什麼內容。
• 標題（Headline）：含有資訊，吸引人閱讀。

無法從題目推測文章內容的讀者，會直接略過文章；但標題透露出的資訊，卻可以吸引讀者。

「首爾市府用以提升網站聊天機器人使用率的方案」
「為何首爾市府聊天機器人點擊率高，使用率卻偏低？」

請看看這兩句話，哪一邊比較吸引你呢？上方是典型的文章題目，下方則是標題。

下方這句話明顯會刺激我們的好奇心，讓我們想進一步閱讀內容。

第一階段：利用核心訊息寫出標題

在O·R·E·O MAP的第一階段，我們已經將主要的意見整理成「如果……，就……吧」，而這個整理好的主軸本身就是一個標題。

「如果想要早點回家，就用聰明的方式報告吧。」

↓報告夠聰明，才能早回家

「如果想一輩子不愁退休，就出一本自己的書吧。」

↓一本能為你人生負責的書

「如果沒有任何存款卻想辭職，那就先寫部落格吧。」

↓沒有任何存款，也能立刻辭職

第二階段：運用原因與依據寫出標題

在用原因與依據來證明個人主張的第二階段，我們可以找到大量撰寫標題的素材。使用那些為了探究原因而速記下來的詞彙，就可以在不費太多功夫的情況下寫出好標題。讓我們試著運用「為什麼、怎麼辦、原因、緣由、祕訣」等字眼，來寫出一個標題吧。

「LEVI'S 年輕一百五十歲的祕訣」
「哈佛畢業生是如何寫文章的」
「為什麼會寫文章的人也擅長談戀愛？」

第三階段：運用範例寫出標題

我們為了證明自己的主張而引用的範例，其實就是勾起讀者好奇心的絕佳題材，只要運用象徵「原因、故事」的字眼，就能很快創造出合適的標題。

「股神巴菲特為何能獲得寫作獎？」

「村上春樹是如何寫遊記的？」

「白種元告訴你，開餐廳的背後故事」

第四階段：用提議寫標題

想要強調意見或是執行方法，還有比標題更好的選擇嗎？尤其是「……的○○種方法」這種形式的標題，是社群平臺上最容易被轉載的標題之一。

「向哈佛學生一樣寫作的唯一方法」

「金濟東式的七個說話祕訣」

「阿嬤密技，用冰箱剩餘食材就能完成的三道料理」

寫出如同電影預告的引言

如果能瞬間吸引無法專注太久的讀者，讓他們開始閱讀文章，下一個課題就是要讓讀者願意繼續讀下去。如果標題是第一句話，第二句話就是文章最開頭的引言，這個部分也決定了文章給人的第一印象。我們必須讓讀者產生「想繼續讀下去」的想法，就像電影預告一樣。

無論人還是文章，第一印象都很重要

引言最需要注意的地方，就是必須簡單告訴讀者，接下來的文章內容究竟是什麼樣的。因為讀者完全不知道作者是個怎樣的人、基於什麼原因寫了這篇文章、過去這段時間寫過哪些文章。假設有個陌生人沒頭沒腦地說起自己的故事，那讀者會有多不知所措

呢？

所以請在引言中簡述文章的內容，簡單介紹作者是基於什麼意圖寫文章、讀者需要知道些什麼，這樣讀者會更專注在文章當中。

「今天我也早早前往新村，在地鐵抵達新村站之前，我就開始感到緊張。今天，準作家們也將大聲朗誦自己寫出的文章，藉著同學的意見以及我的回饋，更精準地規劃他們要傳達給讀者的訊息。今天要學習的是對寫作來說非常重要，但大家從來沒有好好學過的技巧。」

如果文章的開頭像上面這樣，讀者肯定會疑惑「到底在寫什麼」。如果讓讀者產生這樣的想法，他們就會失去專注力，選擇不再繼續閱讀下去，引言要讓讀者知道這篇文章究竟是怎樣的內容，建立起連接讀者與文章的橋樑。

↓今天我也早早前往新村，在地鐵抵達新村站之前，我就開始感到緊張。身為寫作教練，我為了幫助大家寫出一本能確實傳達訊息的書，正開班教授「哈佛式寫作技巧」。這個課程從二〇〇九年開始，每週六在新村的活動中心舉行。今天，準作家們也將大聲朗誦自己寫出的文章，藉著同學的意見與我的回饋，更精準地規劃他們要傳達給讀者的訊息。今天他們要學習的是對寫作來說非常重要，卻從來沒有好好學過的技巧。

修改過之後，應該多少可以讓人知道這篇文章是什麼樣的內容了吧？藉由這樣的方式引起讀者好奇之後，接下來必須讓讀者儘快往下讀。如果希望像上述這段文字一樣描述特殊原因、事件或想法，就要先告訴讀者文章的內容，以幫助他們維持專注。

用O·R·E·O MAP撰寫短文的引言

用O·R·E·O MAP建立訊息後，不僅標題能夠信手捻來，引言更是可以寫得非常有趣。

1. 善用驚人的事實

「美國哥倫比亞大學醫學院的學生必須學習文學和寫作，負責這個專案的小說家內利・赫爾曼保證，透過學習創作小說，醫師可以學會必要的敘事能力。」

醫學院學生竟然透過文學和寫作來學習溝通技巧，這是相當驚人的一件事。接著我們可以在O・R・E・O MAP第二、第三階段裡揭露更多驚人的真相。

2. 善用有趣的範例

英國國稅局只是在寄給欠稅人的催繳通知單上，加上「九成的英國人都繳了稅」這句話之後，稅金的收入就比前一年多了九兆三千多英鎊。

力。

將第三階段的範例資料放在引言，就能幫助讀者更專注閱讀，進而提升讀者的專注力。

3. 善用引用文

「幸福的人都很相似，但不幸的人卻都有各自的原因。」

置入訊息的一句引用，就可以勾起讀者想繼續閱讀的興趣。

4. 要說這個故事的原因 ＋ 提及核心主張

達特茅斯大學腦科學系研究團隊曾以四百人為對象進行實驗。結果顯示，如果人同時做超過兩件事，專注力就會變差，也無法把事情記清楚。我之所以提到這件事，是為了要告訴大家：如果想培養觀察力，那專注觀看或許會比做筆記或拍照來得更有用。

如果能在引言寫出一直不為人知的新知或事實，就可以勾起讀者的好奇心，讓他們繼續讀下去。在這裡需要注意的，就是必須提及自己會用這個有趣的資訊勾起讀者興趣，是因為它和你想傳達的訊息有關。這時候最好可以用「我之所以提到這件事，是因為……」的句型來開頭。

寫出淺顯易懂且紮實的句子

日本家電品牌巴慕達以簡潔俐落的設計著稱，享有「家電界的蘋果」的美名。其實這間公司的網頁本身就簡潔俐落，除了網頁設計之外，介紹產品的文字也都給人平靜、簡潔的感覺，同時又不會讓人覺得這樣的產品介紹太過簡略，因為他們省去華麗的修辭，把重點放在傳達重要的訊息上。

巴慕達在與顧客溝通時，並非使用親切且充滿關懷的口吻，而是未經修飾的簡潔俐落文字。「為了讓消費者迅速理解，我們的訴求在於簡單、明瞭地傳達重點。」創辦人寺尾玄如是說。

舉例而言，他們在介紹空氣清淨機時，會將「我們家的空氣」簡化成「室內空氣」。

想要文章清晰明瞭，句構就必須紮實

廣告文案、文案中的每個字，都是花費鉅額精心打造出來的內容。文案撰稿人所寫出的，是這世界上最昂貴的文字。享有「廣告教父」美譽的大衛・奧格威認為，要寫出吸引人消費的文案，最大的祕訣就是要寫得「清晰明瞭」。

無論是廣告文案、報告、短文、專欄、電子郵件或是文字簡訊，首要之務就是必須讓寫出來的內容清晰明瞭。如果作者能將自己想說的話清楚寫出來，那讀者也就能很快理解、做出反應。

無論是哪一種類型的文章，他都要求「儘可能簡單明瞭、不拖泥帶水地傳達訊息」；而要成功達到這個目標，就要把句子寫得足夠紮實。一個紮實的句子，可以讓其中的想法更加簡單清晰。

透過寫作來跟股東、民眾交流的股神巴菲特也強調，文章必須要專注且簡潔。

他說：「寫文章的時候，特殊用語、複雜的句構相當於邪惡的歹徒。我曾經研究經營超過四十年的企業所整理、保存下來的文件，經常看見內容毫無重點就做出結論的情況。造成這種情況的原因在於，寫作的人沒有好好表達自己想傳達的訊息。」

他認為文章之所以難讀，是因為作者不知道自己到底在寫什麼，不要覺得想寫出簡單明瞭的句子，就一定要學習很多文法；其實我們需要做的，只有遵守句子的基本結構。當一篇文章充斥大量華麗的修辭、迂迴的表現方式、專業用語與隱喻，反而會阻礙讀者對文章的理解。其實只要具備文章的基本結構，也就是主詞和動詞就夠了。

網路也跟電視一樣，是會讓人變成笨蛋的發明，網路上鋪天蓋地都是隨便寫寫、沒有經過認真檢視就發布出去的文章、不符合基本文法結構的內容、虛張聲勢的內容、華而不實的文章。我們身處的時代已經熟悉了這些文章，使得一般人連一個簡單的句子都寫不出來。

但愈是這樣，就愈需要凸顯自己的能力足以言簡意賅地傳達重點訊息。無論你想傳達的訊息是什麼，結構紮實的句子就是方便讀者閱讀的祕訣，而結構紮實的句子，指的就是結構正確且簡單明瞭的句子。

未經修飾也無妨，用自己的聲音為你的想法帶來影響力

在決定一個人給他人印象的所有因素中，聲音佔了百分之三十八。也就是說，聲音象徵著一個人的特質，但大部分的人其實都不知道如何為自己發聲。而哈佛學生正是為了在工作與生活中都能為自己發聲，所以才花四年時間學寫作。

我的想法是我的，你的想法也是我的？

在全州工作的公車司機許赫先生，每天都會在自己的臉書上寫文章。他會記錄自己的工作場所，也就是市區公車上所發生的事。當文章累積到一定的數量後，他便將這些文章整理並寄給出版社。幾間知名出版社都紛紛給出正面的回應，這些文章最後出版成

《我是一位公車司機》這本書。

出版原本是知名人士活躍的領域，現在卻充滿我們周遭的普通人；我們經常可以發現，普通人的書開始躍上暢銷排行榜前幾名。

這些沒有特別偉大、沒有特別了不起的普通人以自己的方式記錄生活，這就是他們作品的特色。雖然文章並沒有特別華麗，但其中的真誠吸引了讀者，也讓讀者開始推薦這些書籍。因為即使口齒不清，只要用自己的方式說出個人想法，就是最能引起共鳴的方式。

不過也是因為這樣，社群平臺上開始充斥到處拿別人的想法、別人的語言拼貼成的文章，很多人甚至會假裝那些是自己的想法，不註明內容的出處。

有很多人在學習如何寫書、寫文章時，還是會誤將別人的想法當成自己的想法。這種人雖然多產，卻沒有自己的中心思想。

這些人有好學歷、好工作，資歷也非常出眾，如果能寫出個人的經驗和想法，肯定會有很棒的成績；但他們卻經常把自己認為優秀的內容，拿來拼貼成自己的文章並以此為傲。

可惜的是，他們真心相信這些內容是自己寫出來的、是屬於自己的文章。而愈是這樣的人，他們的理解能力、背誦能力就愈好，能牢牢記住別人的文章以及從書中看到的內容。但如果在這樣的情況下寫文章，便很容易將記憶中他人的主張誤以為是自己的想法寫進文章中。因為他們認為，既然這些想法是從我腦海中浮現出來的，就不需要確認這些想法究竟是屬於自己還是別人。這些文章會給人一種似曾相識的感覺，更會讓人覺得有點老套，而且文章本身也沒有想傳達的中心思想。

影響力在這個時代擁有極大的力量，當我們能用自己的聲音傳達個人想法，就能發揮最大的影響力，而寫作就是發揮影響力的過程。讓讀者做出理想反應的影響力，正來自於用自己的聲音說出自己的想法。

當然，如果有需要，還是可以借用別人的話、別人的想法；但想說的主軸、想寫的文章主旨，必須來自作者本人，因為這樣才能明確地為自己發聲。

如果要以個人想法寫作，我們就不應該再拿別人的文章東拼西湊，然後將這拼湊起來的內容說成是自己的東西。即使想法生澀、修辭不夠華麗，我們還是要練習用自己的聲音表現、傳達自己的想法。

在紛亂的環境中讓自己更突出

哈佛大學嚴格要求學生遵守寫作倫理，過去甚至曾經發生準新生在社群平臺上寫了不雅的內容，就被取消入學資格的事件。在校期間曾有說謊、抄襲等不當行為者，也會以違反榮譽守則（Honor Code）為由遭到停學、退學等處分。尤其抄襲他人報告、剽竊他人文章等，對於智慧財產權的相關行為規範更加嚴格，處罰也更嚴厲。

抄襲與引用，危險的一手

新手作者在寫文章時，常會犯下沒有蒐集足夠資料，或沒有好好運用自己蒐集到的資料等失誤，這也是寫作讓他們感到困難的原因之一。在資料準備得不夠充分的狀態下寫文章，自然只能一直拿別人的資料來填補。

這樣一來，自己的想法就會淹沒在別人的資料中。讀者在閱讀這類文章時，則會發現其中完全沒有作者自己的想法，只是在重複別人說的話。這類文章不僅不會有人閱讀，作者更會被認為是不懂得為自己的文章負責的人，是非常危險的行為。

引用他人的資料確實是能讓文章更具說服力、更有趣的方法之一，但也可能因為這樣，使我們在寫文章時摻雜許多別人的文字、別人的經驗、別人的想法，導致我們無法真正說出自己的意見。所以哈佛大學在寫作課程中，會教導學生以不同方式引用別人的資料，避免學生面臨抄襲危機。也就是說，哈佛會教導學生如何用別人的想法來為自己發聲。

在引用別人的文章、別人的說法時要註明出處，這就是引用的原則；未註明出處就擅自使用他人的文章，就叫做抄襲。

如果沒有意識到這些為了證明個人主張所蒐集來的資料，其實是在借用別人的知識與想法，直接把它們當成自己的東西，那就很容易被懷疑是抄襲。

需要特別學習引用技巧的原因，在於避免引用的資料干擾我們要傳達的想法。在眾多的引用技巧中，最簡單的方法就是直接引用。

「我覺得他並不是寫不好，而是寫作時選用的詞彙有問題。雖然是相同的意思，但如果選用不同的詞彙，意思傳達的效果就會有很大的差異。寫作的真正問題並不在不擅長寫作，而在於選擇錯誤的詞彙。」

（節錄自《擄獲人心的詞彙使用法》（暫譯），宋淑憙著，You Know Books出版）

直接引用的方法，就是把要引用的文章完整節錄下來，並使用引用符號以和原本的內容區隔開，再標明原作者與出處。不過如果誤以為只要標示原作者與出處，就能無限制使用別人的資料，則可能讓自己的文章失去可信度。所以我們在引用時只能依照自己的需求，做最低限度的引用。

哈佛大學則建議大家使用間接引用。

「宋淑憙寫作教練，在最近出版的著作《擄獲人心的詞彙使用法》當中，以個人長期教授寫作的經驗為基礎，指出『寫作之所以困難，是因為不懂得適當運用合適的詞彙』。」

雖然內容和直接引用沒有太大差異，但間接引用不會把別人寫好的東西整個搬過來，而是只取那一段文字的意義，以作者自己的方式重新濃縮、詮釋。而在間接引用時，也必須要註明原作者與出處。

借來的話如果已經夠簡潔，就可以直接引用。你可以將整句話直接借用過來，並在前後加上引用符號；但如果要引用的文字本身有點長，則可以濃縮一下，以自己的方式重新解釋。

如何用自己的話來詮釋別人的資料

哈佛大學為了從根本避免抄襲與盜用，才會費盡苦心地教導學生該如何引用文章。其中最困難的技巧就是「意譯」（paraphrasing），用更通俗一點的方法來講就是「換句話說」。

「意譯」指的是在充分了解要引用的內容後，保留該段內容最主要的意思，並以自己的方式重寫一次。雖然是借用他人的想法、表現方式或經驗，卻是以自己的方式重新詮釋。用這種方式將引用內容放入文章，就不會妨礙我們表達自己的意見。當然，這時候也一定要註明引用出處。

用完全不同的句子表達同樣的意思

「指導寫作十多年的宋淑憙寫作教練認為，擅長寫作的人也很擅長選用正確的詞彙。她認為句子是由詞彙組成，選用哪些詞彙、如何排列詞彙，都會影響這句話的傳達能力。她在最近出版的著作《擄獲人心的詞彙使用法》中寫到，要把文章寫好的另一個方法，就是學習使用詞彙的技巧。」

上面這段是以前面引用的內容重新改寫而成，也就是用完全不同的表現方式來表達相同的意思。「寫作」是用自己寫的文章表達個人想法，「換句話說」則是用自己的方式理解、消化別人的想法，再重新組織成自己的想法。只要用自己的文字重新撰寫，這樣一來便不容易被模仿。而這樣的技巧需要動用到解讀能力、分析能力、推理能力、寫作能力，是相當龐大的工程。

但我們要知道，用自己的聲音說出自己的想法，才能更快地將訊息傳達給讀者，所以即使困難，我們也必須要做到這一點。因為讓作者在書寫時煞費苦心的文章，能更方便讀者閱讀；信手捻來的文章，對讀者來說反而不易閱讀。

引用經驗與軼事

在借用別人的經驗或軼事為個人主張背書時，也需要引用技巧。因為你是拿別人的故事來佐證自己的意見，所以內容應該要簡潔一些，或在引用時配合文章調性重新撰寫一次。

新手作者在借用別人的經驗時，常會把內容完整寫出來，彷彿現場轉播一般鉅細靡遺、一字不漏。尤其會將對話照搬，不懂得精簡，連像是「哈哈哈、呵呵呵」之類的狀聲詞都原封不動地重現。

作者在書寫個人經驗時，或許會因為興奮而忘我，但對讀者來說，那卻是他們一點也不想知道、一點也不感到好奇的「別人的故事」。所以要在文章中借用他人的想法與經驗時，應該簡明扼要或用自己的話重寫一次，而且也一定要註明出處。

如果引用的內容已經夠簡潔、不需要再精簡，用自己的話重寫一次可能無法帶來相同的效果，或是可能會使原文失去力量時，就採間接引用吧。如果沒有這樣的問題，意譯是最好的選擇。其實間接引用和意譯是類似的方法，使用與原文相同的詞彙就是間接引用，換一種表現方式就是意譯。

像哈佛學生一樣，從根本杜絕抄襲的方法

引用與抄襲只在一線之間，借用部分內容並標註出處叫做引用，沒有標註出處直接拿來使用就是抄襲。根據韓國著作權法，著作物創作完成並發表的瞬間，便自動產生著作權，不需要經過其他程序或方式申請；即使沒有另外標示著作權，也依然受到著作權法保護。

無論是直接引用還是間接引用，無論重新撰寫或經過濃縮刪減，借用別人的東西最基本的原則就是註明出處。在寫作課程中，我常聽到學生抱怨標註出處這件事比想像中還難，或許是因為這樣，所以才經常看到有人從別人的書中挪用一整段內容，並含糊地說明「節錄自某本書」的情況。但這種含糊不清的標示方式，很容易被誤會是未經同意引用。

標註出處時也要注意不能影響讀者閱讀。考慮到近來讀者閱讀長文的能力愈來愈差，作者應選用將出處放在句子裡的方式標註。標註的重點在於不妨礙讀者閱讀，也不會影響句子本身的意思，又可以適當標註這些資料是引用來的。

四種引用的方法

1. 融入在文章中

括弧等標點符號，會妨礙讀者的閱讀，像是以下這段文章：

「讓我感到羞愧的是，我的想法受到類似女性雜誌那種膚淺求知慾（借用立花隆的說法）影響，所以無法提出更全面的意見。」

我們應該把要引用的內容直接放進句子裡：

↓讓我感到羞愧的是，我的想法就像日本首屈一指的新聞工作者立花隆所說的，是一種類似「女性雜誌式的膚淺求知慾」，而我甚至無法跳脫出這個框架。

2. 只標示主要出處

當要再次引用別人引用過的資料時，標示出處就會變得很麻煩，請看下面這段文章：

「新世界 E-Mart 的時尚休閒運動組安英美組長，在關於成功祕訣的訪問中強調，實力固然重要，但更重要的是要先有為組織犧牲的使命感（早安今日2012.6.12）。」

這時候我們要知道引用的內容重點在哪裡，再集中標示引用內容的出處：

↓新世界 E-Mart 時尚休閒運動組的安英美組長強調：「實力固然重要，但更重要的是要先有為組織犧牲的使命感。」

不過因為這並非作者自己取得的訪問資料，所以也可以再簡單寫出是透過哪個途徑得知這件事情：

新世界 E-Mart 時尚休閒運動組的安英美組長，在接受新聞訪問時強調：「實力固然重要，但更重要的是要先有為組織犧牲的使命感。」

如果「獨家接受特定報紙專訪」這點很重要，那就要特別強調這個部分：

↓新世界 E-Mart 時尚休閒運動組的安英美組長，在接受《早安今日》訪問時強調：「實力固然重要，但更重要的是要先有為組織犧牲的使命感。」

3. 閱讀原始資料並直接引用

如果要引用的資料，本身也引用了其他的句子或段落，那就是雙重引用。但這樣內容會太過複雜，傳達訊息的力道會變弱，我們應該選擇閱讀資料的原始出處，再直接引用。

「○○企業宣傳室金○○課長，在寫作專家宋淑憙教練寫的《擄獲人心的詞彙使用法》序文中，提到『懂得適當使用詞彙，就能讓寫作簡單十倍』，這段話也被刊登在公司的報紙上。」

如果想引用其中「懂得適當使用詞彙，就能讓寫作簡單十倍」這句話，就要去閱讀該內容的原始出處，也就是《擄獲人心的詞彙使用法》這本書，這樣將文章整理過後會變得簡潔許多：

↓詞彙的使用要正確，寫起報告才會更簡單。寫作教練宋淑憙在個人著作《擄獲人心的詞彙使用法》序文中提到，懂得適當使用詞彙，就能讓寫作簡單十倍。

4. 換句話說

隨著改寫的方式不同，文章會變成截然不同的樣子，下面是用同一篇原文改寫成三個不同版本的範例：

原文

史蒂芬・柯維是《與成功有約》這本超暢銷書籍的作者。他宣告破產後，一位記者問他：「你寫了一本與成功有關的書，教導許多人成功的祕訣，但你自己為何會破產？」他回答：「因為我沒有按照我寫的去做。」

換個方式寫 1

《與成功有約》是一本偉大的著作，完全配得上全球暢銷書籍這個稱號，但作者史蒂芬・柯維卻宣告破產。這消息傳遍全世界，令他的讀者大吃一驚，其中也包括一位報社記者。這位好奇的記者忍不住問他：「你給了這麼多人成功的啟示，怎麼會破產？」他這麼回答：「因為我沒有依照自己寫的內容去做。」

換個方式寫 2

「因為我沒有按照我寫的方式去做。」

以《與成功有約》一書享譽全球、累積大量財富的史蒂芬・柯維，在陷入令人啞口無言的破產窘境時，就是這麼回答記者的詢問。

換個方式寫 3

《與成功有約》的作者史蒂芬・柯維宣告破產後，曾有人挖苦地問他，你寫了一本書向大眾傳授成功祕訣，為什麼你自己卻沒能成功，還淪落至破產？史蒂芬・柯維則回答，這是因為他沒有依照自己書上寫的去做，所以才會失敗。

用O‧R‧E‧O MAP寫得更好 5

你想寫出什麼樣的短文？

《說話的品格》作者李起周、《韓國的年輕富翁們》作者李申英、《第六睡眠》作者伯納‧韋伯、《我們為什麼這樣生活，那樣工作》作者查爾斯‧杜希格、《百歲老人翹家去》作者喬拿斯‧喬納森。

你知道這些作家除了寫出暢銷書外，還有什麼共通點嗎？如果再加上《在空地》的金勳，應該就有很多人可以猜出答案，那就是：他們都是「記者出身的作家」。

記者出身的作家因為在當記者時已經養成習慣，所以會用正確、簡單明瞭的寫作方式來撰寫書籍。他們懂得如何使用只靠文字吸引讀者關注的技巧，是傳遞訊息的高手，撰寫本書的我也曾在女性雜誌擔任記者、總編輯，長期從事記者工作。我認為他們所遵守的寫作原則，就是「寫得清楚，強而有力地傳達訊息」。

只要寫作主題夠明確，寫作這件事就不成問題，這我已經說過很多次。但即使如此，在完成一篇短文的過程中，作者還是必須針對要放進文章中的每一句話進行思考，所以必須花費很多精力。而且文章也不是隨便寫寫就好，我們的目標是寫出極具影響力、能讓讀者做出理想反應的文章。

不過請不要擔心，只要能用通順的邏輯說明你想傳達的訊息，把這些想法化成文字就不是什麼難事。寫作之所以困難，是因為沒有充分理解寫作的主題。

如同我們前面看過的範例，藉由O·R·E·O MAP來建立訊息，不只能幫助我們理解寫作主題的技巧，而是能進一步幫助我們以嚴謹的邏輯完成文章的每個段落。接著只要把這些段落組裝起來，便能完成一篇短文。所以只要使用O·R·E·O MAP整理訊息，就不必特別顧及文章是否簡單明瞭，也不需要費盡苦心地思考要如何讓讀者更容易閱讀。

這也是哈佛大學投資大量寫作課時間，教導學生如何建立寫作主題的原因。再強調一次，只要寫作主題夠明確，那麼寫作本身就不成問題。

在這裡我們暫停一下，談談哈佛大學注重的「短文」吧。換個說法，就是「隨筆」。我們口中這些稱為「隨筆」的短文，其實大多都是很私人的內容。

1. 意見短文

就是本書所說的哈佛式短文，形式類似散文，適合用來有條理地描述一個意見，說服並引導讀者往作者理想中的方向思考。用有趣的訊息和具邏輯性的脈絡清楚呈現、表達自己的主張。

2. 個人短文

是書寫自己的故事來引發讀者共鳴的訊息。如果你對日常生活能有細膩的觀察、能反思自己觀察到的東西，並從這個過程中看出一些什麼，才能寫得出這種短文。這是一種比想像中困難的短文形式。

3. 私人短文

就像日本小說家村上春樹寫的文章，所謂的私人短文是「主要記錄個人日常生活的散文」，可以自由書寫個人體驗、感受、印象等。閱讀他的短文可以感受到村上式的簡單愛好，也有一種窺探他喜歡的城市生活品味與興趣的感覺。

用O・R・E・O MAP寫得更好 ⑥

主詞要像主詞

「大韓民國為民主共和國。大韓民國的主權屬於國民，一切的權力來自於國民。」

這是憲法第一條全文，第一句話共分成兩段，但有點奇怪，這句話的主詞是誰？大韓民國嗎？為了找出主詞，必須先閱讀寫在憲法條文前面的完整文章：

具有悠久歷史和民族傳統、光輝照耀下的大韓國民，繼承了三一運動建立的大韓民國臨時政府法統，和抗拒不義之事的四一九民主精神（中略），在享有自由和權利的同時（中略），憲法於一九四八年七月十二日頒布，由國會議決依國民投票修改經過第八次修正。

讀完全文會發現主詞是「大韓國民」，因此憲法第一條第一句「大韓民國為民主共和國」的主詞，應該是「大韓國民」，憲法第一條的內文應該修改成這樣：

「依大韓國民所言，大韓民國為民主共和國。」

怎麼樣？光是把被省略的主詞放到正確的位置，是不是就覺得訊息更加簡單明瞭、更淺顯易懂了呢？這是我在憲法學者李國運先生所寫的書中讀到的內容。

沒有主詞，就沒有訊息

我們可以用O·R·E·O MAP建立訊息，並將以短文的方式描述這個訊息。所謂的描述，是述說「某人在做什麼」的意思，所以我們只要把句子的重點擺在「某人在做什麼」就可以了。換句話說，只要將該句子的主詞與動詞，放在「誰在做什麼」這個結構的正確位置，就能讓句子本身變得完整。用完整的句子所描述的內容變得更清楚；能夠清楚表達的句子，就能很快讓讀者看懂。

語無倫次、不斷跳針、反反覆覆的文章，大多有主詞與動詞不在正確位置，或無法發揮正常文章功能的問題。

如果想儘快傳達重點並帶出讀者的反應，作者用以傳達訊息的句子，就必須結構完整不鬆散。如果想達到這個目的，主詞與動詞就必須在正確位置扮演它們的角色。希望大家都能記住，要寫出一個結構完整、足以傳達訊息的句子，重點就在於如何安排句子的主詞與動詞。

用主詞來為句子負責

我在閱讀《韓民族新聞》的時候，看到日本東京墨田區橫綱町公園〈沒有主詞的紀念碑〉這篇新聞報導。紀念碑上刻著這樣的文字：

永遠不要遺忘這段歷史，堅定地握著在日朝鮮人的手，達到日朝親善、亞洲和平的目標。

韓民族新聞〈關東大地震九十二周年……遭屠殺的朝鮮人紀念碑「沒有主詞」〉

這個紀念碑設立的目的，是為了紀念在一九二三年關東大地震時發生的朝鮮人屠殺事件受害者；但只憑紀念碑上的句子，無法得知這究竟是誰立的紀念碑。因為這段話沒有主詞，所以完全無法猜測是誰立了紀念碑、又是誰主導這起屠殺朝鮮人的事件。

立這個紀念碑的人，如果在紀念碑上的這段話中加入主詞，就很可能使讀者注意到成為主詞的人或許是屠殺朝鮮人的始作俑者。但因為紀念碑上的句子並沒有主詞，所以始作俑者可以不必為此負責。寫出這種沒有主詞的句子，顯然是不想為了其中提及的事件負責。在句子中明確地寫出主詞，則是一種為文章負責的行為。

用O・R・E・O MAP寫得更好 ⑦

找出隱藏的主詞

如果在該有主詞的地方寫出主詞，句子會變得更完整，句子所傳達的訊息也更值得信賴。

「為了準教師舉辦的寫作聚會中，有人抱怨寫作很困難。」

明明是很簡單的一句話，卻給人一種馬虎的感覺，這是因為這句話沒有主詞。讓我們一起找出主詞，把主詞放到正確的位置吧。

↓在寫作聚會上，準教師們一直抱怨寫作很困難。

由於韓文的特性，即使句子缺乏主詞，對話也不會遇到困難，所以主詞才容易被省略。而這種省略主詞的習慣，會使我們在不能缺少主詞的情況下，仍習慣性省略主詞，進而使得想表達的意思變得更複雜、更模糊。

寫作過程中，如果覺得文章內容變複雜、結構變鬆散，那就麻煩確認一下主詞是否在對的位置吧。只要主詞抱持在對的位置，句子的結構就會變完整，而結構完整的句子就能像高鐵一樣迅速傳達訊息。讓我們一起練習把離家出走的主詞找出來，帶它回到正確的位置吧！

「基於學生滿滿的愛，出版了老師的論文集。」——學生敬上

雖然這句話沒有主詞，但還是能推測出學生出版了老師的論文集對吧？我們試著找找看隱藏在句子當中的主詞吧。

↓學生們基於對老師的愛，出版了老師的論文集。

下面這句話的主詞在哪裡呢？

「退貨負責人確認的結果，因為有洗滌的痕跡，所以判斷此商品無法退貨。」

這句話的主詞也離家出走了，讓我們一起幫主詞回到原位吧。

↓退貨負責人檢查這件衣服過後，發現有洗滌過的痕跡，所以無法提供退貨服務。

有時一旦省略主詞，句子就會失去力量，讓意思變得不夠明確。當一個句子的主詞不是人而是物品的時候，我們經常會省略主詞，這樣一來句子就會變成被動式。

「書中記錄的是如何擄獲人心的詞彙使用法。」

被動式句子閱讀起來不太通順對吧？所以即使主詞不是人，也請大膽地把主詞寫出來，這樣一來句子就會重新產生力量。

↓這本書裡，寫的是擄獲人心的詞彙使用法。

領養主詞

如果沒有主詞被省略的跡象，也沒有要找的主詞——也就是說句子本身只有描述一個行為，卻沒有當事人，我們就應該替句子「領養」一個主詞，讓句子更完整。

「新的問題麻煩轉告客服組。」

要把新的問題告訴客服組的人，應該是顧客對吧？所以我們要領養「顧客」這個主詞。

↓顧客若有新的問題，麻煩請聯繫我們的客服組。

若主詞是「我、我們」等人稱代名詞，讀者會覺得更有親近感。

「最高經營者認為，改善品質是讓公司東山再起的關鍵。」

這裡我們可以領養「我們」這個人稱代名詞，句子就會變成這樣：

↓我們的最高經營者認為，改善品質是讓公司東山再起的關鍵。

用O‧R‧E‧O MAP寫得更好 ❽

動詞要像動詞

想快速傳達訊息，句子就要夠完整，首要之務便是將主詞放在正確的位置，為自己寫出的文章負責。接著，則是要讓主詞的夥伴，也就是在傳達意思時扮演決定性角色的動詞發揮原本的功用。

控股公司波克夏‧海瑟威的執行長巴菲特不僅擅長投資，也十分擅長寫作，他每年都會寫信給股東，甚至還獲得美國政府頒發的寫作獎，他曾經透露一個把文章寫好的祕訣：

「積極使用動詞。」

沒錯，積極使用動詞吧！這樣一來，動詞就可以盡到它的本分，充滿活力的動詞能夠代表所有的行為，無論是物理上的還是精神上的。一個適當的動詞，可以明確解釋句子的主體正在做什麼、做了什麼，這樣才能在向讀者傳遞訊息這點上發揮更大的功效。

「這隻小狗比外表更兇。」

「兇」這個形容詞，實際上不會讓人感覺到兇，讓我們把它換成比較動態的動詞吧。

↓這隻小狗動不動就咬人的褲管。

具動作性且較強烈的動詞，就像在一張臉畫上眉毛一樣，可以加深讀者訊息的印象。

「民載憑著對母親的思念寫了一封信。」

「寫」這個動詞很平淡，如果換成感覺比較強烈的動詞，這句話就會變得很生動。

↓民載憑著對母親的思念，拼命寫了一封信。

將動詞還給動詞

這樣一來能讓人在閱讀時不感到無聊，也能迅速傳達訊息。其實，會讓訊息的傳達力變差的壞習慣之一，就是使用不生動的動詞來描述句子。

「寫作教練能指導學生的想法。」

這種平鋪直敘的呈現方式，就像沒有泡沫的啤酒，食之無味又無趣，讀者讀起來也會感到很乏味。讓我們用比較生動的動詞來改寫吧。

↓寫作教練能幫助學生有更好的想法。

當我們為某些名詞加上「什麼什麼的動作」，把這些名詞當成動詞使用，句子就會變得很難懂。對近來不太喜歡閱讀的讀者而言，如果文章中出現一個難讀懂的句子，他們肯定讀都不想讀就把書闔上。所以你應該找出符合個人意圖的動詞，讓這個動詞扮演合適的角色，這樣一來訊息也會像一條活跳跳的魚一樣，向讀者奔游而去。

「搭火車從首爾到釜山，可以縮減溫室氣體排放，相當於種植十一棵松樹的效果。」

縮減這兩個字其實有點困難，讓我們換成比較簡單的用詞。

↓搭火車從首爾到釜山可以減少溫室氣體，效果等同種十一棵松樹。

下面這個句子的重點簡單易懂，但描述的方式卻很困難。

「社長做出解雇三名員工的決定。」

讓我們把太過迂迴的地方修改掉，發揮動詞的力量吧。

↓社長決定解雇三名員工。

用O·R·E·O MAP寫得更好 ❾

讓主詞和動詞變成好朋友

讓主詞像主詞、動詞像動詞，在正確的位置上扮演適當的角色，就可以寫出結構完整的文章。一篇結構完整的文章不但簡潔明瞭，又能迅速表達正確的意思。

但偶爾我們也會遇到主詞、動詞都在正確位置，句子依然很難懂的情況，這是因為主詞和動詞不夠親近。如果主詞和動詞不親近，句子就會變複雜、難懂。讓我們來幫助主詞和動詞更親近一點吧。

「我的文章，是在下班之後一點一點寫成的。」

主詞（文章）和動詞（寫）感覺並不親近，讓我們把主詞和動詞改得更親近一點。

↓這是我在下班後一點一點寫成的文章。

雖然字數變少了，但是句子的意思更明確了，這是因為句子結構變完整了。

放得靠近一點

主詞和動詞如果距離太遠，關係就很難變親近，其實我們只要把主詞和動詞放在一起，句子就會變得更完整。

「為了強化二十一世紀的主人翁——大學生的思考能力，這個研究要透過寫作與閱讀強化思考能力，謀求自我實現與經濟獨立，以期讓社會進步。」

這段話的主詞是「這個研究」，動詞則是「為了」，主詞和動詞距離有點遠，所以無法幫助到彼此，使句子變得冗長且複雜。

如果將主詞和動詞放得近一點，句子會變得較簡單、完整，在這個過程中，我們可以將這句話分成兩段。兩個分別擁有主詞與動詞的完整句子，可以相互襯托彼此，也可以更快、更確實地傳遞訊息。

↓這個研究的目的在於透過閱讀和寫作，強化大學生的思考能力。因為大學生是二十一世紀的主人翁，若要強化思考能力，首先必須達成自我實踐和經濟獨立，並致力於讓社會進步。

《紅字》的作者納撒尼爾・霍桑曾說過這樣一句話：「讀起來容易的句子寫起來困難，寫起來困難的句子讀起來容易。」

這句話的意思，就是在提醒作者，如果希望讀者能很快看懂你的文章，在創作時就必須經歷各種痛苦。而我則是把這句話改寫成這樣：

「只要確保句子具備主詞與動詞，讀起來容易的句子，寫起來意外簡單。」

現在試著寫個句子，並檢視一下這個句子夠不夠完整吧。

①是否具體表達內容？

②主詞和動詞是否在正確的位置？

③是否使用生動的動詞？

用O・R・E・O MAP寫得更好 ⑩

用O・R・E・O MAP寫短文的七個步驟

哈佛大學的入學考試不會明白告訴考生短文應該多長，但如果想在每年數量可觀的短文中脫穎而出、獲得考官的青睞，就必須用短短一頁的篇幅引起考官的興趣，讓他們想繼續閱讀下去。這是網路上「如何寫出哈佛入學考短文」文章中專家的建議。更具體一點的建議，是一篇短文要落在大約四百到六百字左右。如果文章太短，會難以傳達真誠的訊息，而且太短的文章還會給人一種「不擅長利用時間」的感覺。

刪刪減減，集中在一千五百字的魔法

如果想寫出一篇足以把完整訊息傳達給讀者，又能迅速傳達重點的短文，應該要寫多少字呢？

從結論說起，就是只需要寫出「可以一眼看完的份量」。我們只能寫出剛好可以一次讀完的份量。根據KT管理研究所發布的資料，現代人主要透過手機閱讀網路資料，所以文章最多三十行。考慮到一行最適中的字數是四十個字，也就是說一篇文章不可以超過一千兩百個字，成人一分鐘可以讀三百個字左右，一千兩百字則是四分鐘左右可以讀完的份量。

神經科學家也認為，人的大腦一次只能吸收三到四種訊息，花費在吸收這三、四種資訊上的時間，也不應該超過五到六分鐘。就這些資料來看，一篇文章最適當的長度應該是一千兩百到一千五百字。

所以我也將文章的長度限制在一千五百以內。哈佛大學用來傳遞訊息的短文，總共只有五段，如果一段寫三百個字，整篇文章加起來就是一千五百字。

報紙專欄通常都是能讓讀者一次、一眼就能讀完的長度。專欄的字數平均是一千字，考試或考試用的自我介紹，通常也會限制在一千字左右。大學作文考試時，若無法遵守限制字數更會被扣分。之所以要限制短文的篇幅，是希望文章可以讓讀者在短時間內讀懂。

當篇幅愈短，內容就愈需要濃縮，也就愈能發揮創意。篇幅愈短，就愈需要簡單明瞭地表達重點。因此，遵守規定的份量寫出一篇短文，就是靠寫作挑選人才的重要篩選條件。

接下來就介紹如何運用O・R・E・O MAP歸納出寫作用的素材，再將這些素材放入短文中。

STEP① 確認想法

確認讀者是誰，以及希望引起他們什麼樣的反應。整理想法是有訣竅（T・I・P）的：

Target：讀者是誰？

Idea：想要跟讀者說些什麼？

Value proposition：想要傳達給讀者，具吸引力的約定。

STEP② 用一行歸納出重點

用「如果……，該怎麼做才好？」這個句型來建立問題，再用「如果……，就……吧」的句型來回答，答案就是想要讓讀者知道的重點。

STEP③ 用O·R·E·O MAP建立訊息

運用O·R·E·O MAP將資料歸納成一句話，再拿這句話當成段落主旨，建立起有邏輯、有說服力，又足以證明其真實性的訊息。「O－R－E－O」各一句話，總共用四句話來建立訊息，記得要用具備主詞、動詞等完整結構的句子來描述。

O Opinion 提出意見：如果……，就……吧。

R Reason 提出理由：因為……。

E Example 舉例說明：舉例而言……。

O Opinion 強調意見或提出方案（Offer）：所以，就……吧。

STEP④ 將訊息概要寫成完整段落

將配合O·R·E·O MAP每個階段整理出來的一句話當成段落主軸，輔以詳細說明，發展出完整的段落。每一段都要像一小段短文，具備完整的結構。

STEP⑤ 將段落組裝起來，放入短文中

為了完成這篇短文，必須把段落串聯組裝起來。只要依照「O－R－E－O」的順序排列，一篇能夠引起讀者興趣與關注的短文就完成了。

STEP⑥ 編輯——排列、校正、修改、取文章標題、寫引言

修改內容，讓短文便得更好閱讀。我們可以透過O·R·E·O MAP找到合適的標題與引言，因為經過整理後，每個段落中有趣的內容都可以直接拿來當作引言或是文章標題。第一階段的核心主張，其實已經足以直接拿來做為短文的標題，因為以O·R·E·O MAP歸納而成、邏輯通順的訊息，本身就是很好的寫作題材，所以我相信這樣寫起來一定沒有問題。不過在串聯段落、書寫句子的時候必須多費工夫檢查、仔細看看有沒有錯字，認真修正句子的結構，好讓短文閱讀起來更容易。文章都是愈修改才會愈好。

STEP⑦ 傳達——發表或分享

自己寫文章自己看，無法幫助文筆進步。不過只要你學會哈佛的寫作技巧，並將這個技巧運用在短文寫作上，肯定也會讓別人在閱讀時產生共鳴。你可以試著將文章分享到社群平臺、公司內部的留言板、社內會報上，看看讀者的反應如何。

對我人生帶來最大影響、最重要的人就是老師。因為老師教會了我「思考的方法」與「寫作的方法」。

——德魯・福斯特，哈佛前校長

變動的社會與工作環境讓我們面臨許多困難的要求，但只要學會以哈佛寫作課程為基礎開發出來的「O·R·E·O MAP寫作工具」，你就能具備解決問題的能力，以及能實現解決方案的創意思考能力。

150 年歷史的哈佛寫作課祕訣

第五課

運用 O.R.E.O Map 為自己在工作上博得好評

O·R·E·O MAP像濃縮咖啡一樣，可以多元運用！

TED演說是只用十八分鐘就能擄獲觀眾的奇蹟，讓TED擁有這個崇高地位的克里斯・安德森則強調，如果想以有趣的方式傳達某個訊息，就絕對不能缺少下列兩個元素：

① 這個問題為什麼很重要？這個問題和什麼有關？你想要分享怎樣的經驗？

② 每一個問題都必須要有實際的案例與故事，用事實來讓故事更生動。

這其實就是O·R·E·O MAP的內容吧？所以只要用O·R·E·O MAP準備演講，那無論是TED、改變世界的十五分鐘，還是任何其他演講，你都能一戰成名。這項工具不僅能幫助你培養邏輯思考能力、寫出簡單易讀的文章，更能在演講、發表、會議上為你帶來很大的幫助。

O·R·E·O MAP就是一種能快速傳達重點、幫助你儘快獲得理想反應的工具，就像濃縮咖啡一樣。用品質優良的咖啡原豆萃取出來的濃縮咖啡，可以搭配熱水、牛奶、巧克力、焦糖或冰塊，做成各種不同的咖啡飲品，可參考第227頁的圖片。

用O·R·E·O MAP也可以培養邏輯思考能力，進而增進對業務、工作有益的寫作能力。無論是行銷還是業務所需的文案、讓任何商品都能暢銷的電視購物文案、社群平臺或自我介紹的私人寫作，甚至是論文、報告等學術寫作，都能用O·R·E·O MAP完成。

變動的社會與工作環境讓我們面臨許多困難的要求，但只要學會以哈佛寫作課程為基礎開發出來的「O·R·E·O MAP寫作工具」，你就能具備解決問題的能力，以及能實現解決方案的創意思考能力。

以 O.R.E.O Map 為基礎達到溝通效果

舉例而言，如果能夠熟練地使用O‧R‧E‧O MAP，無論遇到什麼變化，你都能夠將危機化為轉機。無論讀者是上司、顧客還是同事，無論目的是什麼、處在什麼情況下，如果希望他們的反應能符合你的意圖、想要說服他們，那就用O‧R‧E‧O MAP吧！讓我們來看看如何將O‧R‧E‧O MAP和短文寫作技巧運用在工作與日常生活中，以獲得超乎預期的成果。

想要寫好報告，就先從短文開始

哈佛大學之所以推行寫作教育、要求學生學習寫作，並不只是為了讓學生擅長寫文章，更是為了幫助學生培養能讓他們在職場上成功、在社會上發揮影響力的必備素養。以哈佛寫作課程為基礎開發的O·R·E·O MAP工具，可以幫助你培養綜合思考、說服力與敘事寫作能力，幫助你在職場與社會上贏得尊重。

我們經常聽到跨國企業與組織禁止使用Power Point，要求員工別再以條列式報告來溝通的案例。這是因為條列式報告的內容不夠明確，也對交流想法沒有幫助。尤其用簡報開會、報告的方式，其實會導致意見交流變得更籠統。所以為了對瞬息萬變的國際情勢立即做出反應，跨國企業才不得不禁止與企業風格不符的Power Point。

培養創意力與說服力的O・R・E・O MAP

寫作，是思考他人交付給你的工作或是你該解決的問題、整理出個人見解，再有條理地傳達給他人的能力。上班族的寫作能力不只是單純的寫作，也不只是將文件填滿，取得上司核准而已。寫作不僅涵蓋企劃、提案、報告、公司內部網路的溝通事項，還包括撰寫與顧客溝通的電子郵件等，是相當重要的社交手段。所以擅長寫作這件事，不僅能證明你的社交能力，更證明你擅長創意思考與解決問題。

為了迅速溝通，職場上偏愛使用條列式文章；但這樣的文章會使你的想法變得模糊、不明確，更不可能完成正確的想法交流。以提升撰寫文件的能力為名，教導員工學習寫作條列式文章，其實是在要求他們以鬆散不嚴謹的方式思考。

歸納出有邏輯的訊息，並將這些訊息寫成一篇短文的寫作方式，就是在培養一個人的邏輯思考能力，以及快速傳達重點的敘事能力。一旦培養了敘事能力，要寫出簡略的條列式報告也易如反掌。

所以我認為，如果想寫好條列式文件、更有效地完成一份Power Point簡報，在打開固定的文件格式和Power Point之前，應該先打開Word寫出一篇短文。運用O·R·E·O MAP，以順暢的邏輯將想要傳達的重點訊息整理出來，接著就能輕鬆將這些訊息簡化成條列式文件或Power Point。

點出核心，就能迅速做出決定的報告能力

實施縮短工時的制度，就能讓員工比較早下班，減少工作負擔嗎？每個人都會為了不拖延、準時下班，精準且快速地處理自己的業務。專家表示，每週五十二小時工時制，可以幫助企業大幅縮短做決定所需的時間。因為縮短工時後，主管就會在報告重要事項時當場做出決定，經營團隊也會希望有像雷射一般令人印象深刻且精準的「簡報」。事實上，現在大多數的公司高層，都希望能像麥肯錫的顧問一樣，在搭乘電梯不到三十秒的短暫時間內獲得完整報告。

無論是什麼文件，如果你想迅速傳達重點就要做到這件事

只要溝通能力好，就能迅速升遷、獲得成就，已經是企業界公認的潛規則了。只要

你具備迅速掌握重點的簡報能力，很快就能在職場上嶄露頭角。

在這樣的環境下，即使將報告縮減成一頁，仍會令人感到厭煩。我們所需要的，正是如雷射般精準的報告寫作能力。我們可以藉著學習O·R·E·O MAP，將簡報的筆記整理成不多不少、剛好四行的內容。雖然只有四行，但其中有著明確的主軸、原因與依據、該採行哪些方法等內容，這能使報告更加完美。

當每週五十二小時工時制站穩腳步之後，大家會開始無法耐著性子坐在會議室裡，無止盡地看著Power Point投影片。或許在未來，我們只需要用五張投影片就能很快把事情解釋清楚。因為只要O·R·E·O每個階段一張，再加上一張封面，五張投影片就能迅速講完重點。

用O·R·E·O MAP把重點歸納成四行、點出核心，這份報告就已經完美無缺，更能讓與會者留下深刻的印象。若能提交這樣的簡報，我們自然會被視為是一個具備卓越思考能力，能夠正確理解任何內容、解決問題的員工。

據說現在的人工智慧，已經能寫出比真人更出色的股市、棒球相關報導，這也造成愈來愈多人擔心，人工智慧在未來如果學會更多東西，需要優秀寫作能力的職業或許會消失。我們經常能聽到有人調侃說：「Alpha Go[4] 只是忙著下圍棋，所以在其他方面沒有表現；但如果去寫行政報告，它肯定會比人類寫得更好。」

在這樣的情況下，花上幾天幾夜的時間跟一份報告拚搏、拖累組織與團隊生產力的員工，將不再有立足之地。還請各位積極使用O・R・E・O MAP提升寫作能力，確保自己擁有足以在智慧時代生存的競爭力。

工作寫作不僅需要邏輯思考能力，更需要掌握資訊的重要性與重點，並做到將這些訊息以有條理的方式整理、傳達給其他人的努力。

上班族最常做的事情就是溝通，而愈是重要的事情，愈需要用文件溝通。

你希望無論是對上司還是對老闆，都可以提出一份讓他們毫無疑問、不會碎念，很快就回答「好」的提案嗎？

那麼你應該試著寫一篇能幫助你進行邏輯思考，有系統地歸納腦中想法的短文。在為了寫一份文件打開程式之前，請先從短文寫起。將完成的短文濃縮精簡，再寫成一份報告，這麼一來就能以嚴謹的邏輯，將去蕪存菁後的重點傳達出去，大幅減少浪費在寫報告上的時間。

文件是一個成果，或是為了做出特定成果的計劃報告。無論是處理工作、經營公司還是讀書，我們都必須將成果輸出。如果想做出成果，就必須以能做出成果的方式思考。O·R·E·O MAP就是將哈佛學生透過寫作學習到的邏輯思考方式系統化，這個工具能夠幫助各位用可以做出成績的方式思考，而且方法非常簡單快速，平易近人。

④ 由英國倫敦Google DeepMind開發的人工智慧圍棋軟體。

工作時間寶貴，如何像世界首富一樣開會

電商業者亞馬遜的最高經營者傑佛瑞・貝佐斯，被美國經濟雜誌《富比士》選為全球首富，他的總資產達到一百一十九兆元。如果我說他成為全球首富的原因，其實是因為他開會的方式，你是否會覺得太誇張呢？

傑佛瑞・貝佐斯總是會要求一起開會的高階主管必須將資料縮減成六頁的敘事型文章。他提倡這個方式的原因只有一個，就是因為他認為要保持思緒清晰，以敘事型文章書寫個人想法是唯一的管道，並對此深信不疑。

如果不能加班，工作時間也不夠，誰還會想去參加空洞的會議呢？在過去，會議一直是聆聽上級訓誡、單方面傳遞訊息和下達指令的代名詞，無論開再多會也無法做出結論，只是不斷浪費時間。如果沒有好提議，只是一直召開一些讓情況更加膠著的會議，公司就可能會陷入生產停滯的狀態吧？所以我建議大家可以試著用O・R・E・O MAP

來製作會議記錄，只要在每一行填入一句話，將空欄全部填滿就結束會議！

如果運用O‧R‧E‧O MAP開會，與會者就能夠迅速意識到問題並儘速做出結論，同時還能以通順的邏輯支撐這個結論，甚至可以當場討論出執行方案。如果能以必要的討論召開一個簡單的會議，幫助大家不再離題，不僅不會浪費時間，更不會讓與會者因會議傷腦筋。

發表與討論都一次解決

最近一流名校都很認真推廣辯論（debate）教育。

無論是個人還是組織，為了解決生活中面臨的眾多問題，各個領域必須分工合作。想分工合作就必須尊重對方的意見、改善自己的想法，所以具辯論能力的人很受歡迎。

養成邏輯寫作的習慣後，就會經常聽到別人稱讚你很會說話，發表和討論也都能一次到位。O‧R‧E‧O MAP能幫助你像那些擅長發表與討論的人「有邏輯地整理重點，從結論開始說起」。

辯論不單單只是針對某個主題分享彼此的意見，而是遵循一定的形式和程序，由正方和反方主張個人想法和立場，進而說服另一方的溝通方式。

因此無論是哪一個陣營，都必須精準掌握問題核心、有邏輯地說出自己的意見。思考、表達與傳達能力在辯論中非常重要。專家認為培養辯論能力的重點方法如下：

① 正確了解主題
② 好好聆聽對方的意見
③ 主張具備邏輯的個人意見
④ 蒐集大量依據與範例，以提出有邏輯的主張

每一條內容，都跟運用O·R·E·O MAP建立訊息的條件一樣對吧？大學入學考試補習班都會這樣教導學生：「要培養辯論能力，就先從邏輯寫作開始練習起」。

連孫正義都能說服，充滿魅力的敘事方式

什麼樣特質的員工最能獲得人資青睞呢？美國某個機構曾針對這個問題，對包括大企業在內共兩百六十位雇主進行調查，結果告訴我們在雇主重視的資質中，溝通想法的技巧名列前茅。企業雇主大多表示，對內具備與同事溝通的能力，對外具備能清楚介紹公司價值與產品的能力，這樣的人就是符合他們理想條件的人。

想和能溝通的人工作的心情

公關室有時候會很需要擅長寫作的員工。現在就連老闆、新進員工，都變成代表公司的選手，創業者如果想募得資金，就必須直接跟投資者說明自己的想法、直接撰寫報告。

「有些創業者無法代表公司順暢地進行對外溝通與交流，但千萬不要忘記一點，那就是你身為創業者，必須化身成為一位專家，清楚說明公司未來的可能性與機會，努力把公司的產品賣出去。」

這是Front公司創辦人瑪蒂爾德・科林（Mathilde Collin）說過的話，該公司提供企業有效管理電子郵件、社群平臺的軟體，同時也是一間極具潛力、投資者拿著錢排隊想投資的公司。獲得如此成功的祕訣，就在於她能夠「把公司描述得很有吸引力」。

企業為了吸引更多投資，會運用各式各樣的方法說服投資人。在日本賺得巨大的財富，並拿這些錢去投資新創企業的孫正義、孫泰藏兄弟認為，吸引他們投資一間公司的條件就是「說服力」。

創投資本家在決定是否要投資一間尚未獲益的新創企業時，依據的判斷標準並不是與財務相關的數據，而是「能否從創業者口中的故事看到可能性」。

像蘋果這種每一項新產品都很暢銷的公司，也不會單純羅列出產品的規格或性能來吸引消費者，而是會講述產品能做到那些驚人的事情。消費者會被眼前發生的真實事件吸引，進而買下一支iPhone。一篇好讀的文章，就是決定這個故事成功與否的關鍵。

〈宋教練的一對一寫作指導守則〉

方法：將短文寫成電子郵件寄出後將收到回覆。二十四小時之內回覆，一天回覆一次。

這段文字雖然傳達了事實，但卻感覺不太到溫度，所以讀者也不會有什麼反應。我們可以試著改成下面這樣：

指導自營業者寫作的宋教練，在清晨打開電腦的第一件事就是看電子郵件。她打開房地產仲介的鄭社長在前一天晚上寄給她的短文檔案。讀完這篇短文後，她就以彷彿正與鄭社長面對面說話的態度，開始一一回覆短文內容。

稍晚，鄭社長便按照收到的回應修改文章，並將短文傳到個人部落格上，許多詢問電話很快蜂擁而至，這些電話都來自於剛讀完他部落格文章的網友。

以事實為基礎撰寫的文章，其實比想像中更好閱讀，因為那是一個真實的故事。講述故事並不是在講述事實，而是賦予這個事實一個意義，並將其生動地描述出來。O·R·E·O MAP之所以能夠讓這件事獲得如此驚人的效果，正是因為O·R·E·O MAP建立起的每一項內容，都已經是一篇篇邏輯通順的故事。試著用O·R·E·O MAP來描述你的公司、你在做的事情、你的商品，或是你的服務吧。

寫好一封電子郵件，為你贏得優秀評價

透過網路販售鞋類的美國企業薩波斯（Zappos），以優良的客戶服務享譽全球。也因此，亞馬遜以八億美元的價格併購薩波斯的消息，便成了全球的話題焦點。薩波斯廣受好評的部分，就在於他們與眾不同的顧客應對方式。

培養員工的寫作能力

薩波斯會教育新進員工如何撰寫電子郵件，讓員工具備足以應對顧客的寫作水準。我也曾受NEXON、T-Mon等幾間韓國頗具代表性的網路企業邀請，為客服中心的員工上一堂電子郵件寫作課程。

這些公司的經營團隊相信，員工如果要代表公司以電子郵件與消費者聯繫，撰寫電子郵件的能力就不能只停留在私人信件的程度，因為員工寄出的每封電子郵件都代表了公司的形象。無論是企業還是個人，電子郵件的力量，都足以在一瞬間將過去累積起來的信譽摧毀。跨國廣告公司上奇廣告的總裁鮑伯・謝萊曾說過：

「即使不知道對方是誰，但只要收到那個人的電子郵件，就能掌握對方的一切。」

即使不是跨國企業的總裁，只要是稍微有過社會經驗的人，都能透過一封電子郵件大概了解到對方是怎樣的人。尤其可以知道對方能否清楚傳達重點、是否有考慮到收件人等重要的訊息，並在心裡暗自為這個人打分數。

寄電子郵件也有方法

「不知道你有沒有想過，上司在讀你寫的電子郵件時，究竟都在想些什麼。而我曾經在讀一封電子郵件時，懷疑寄件人是否還有理智。」

每個人在收到電子郵件時，都可能會有跟鮑伯・謝萊一樣的想法。我建議各位可以試著用O·R·E·O MAP撰寫電子郵件，讓你的信件內容更有條理、有邏輯，簡單又清楚明瞭。你可以試著站在讀者的立場，寫出一封簡單易懂的電子郵件。從結論開始寫起，也別忘記在O·R·E·O MAP四階段中強調意見與提議的階段，邀請電子郵件的收件人加入你的行列。

在美國，商務電子郵件有只能寫五行的不明文規定。無論是怎樣的內容，電子郵件都要一目瞭然、一次說清楚，重點就是要寫得讓人願意讀！

引言1行 + OREO = 5行

每一行都只寫四十個字左右，只要大約兩百字即可完成一封五行的電子郵件。

讀了就會買，像電視購物一樣暢銷的文字

現在無論是汽車、鑽石還是公寓，都能透過電視節目買賣。矗立在全球主要街道的百貨公司都紛紛拉下鐵門，進駐智慧型手機。我們會在地鐵裡買床、躺在床上買瑜珈服、在做瑜珈的時候買廚具；簡而言之，現在一切的商業行為都能在網路上完成。

據說現代消費者在購買家電產品時，至少會從五個地方獲取資訊；購買保險商品時，會從十二個地方獲取資訊；購買類似漢堡等速食時，則會翻六個地方去確認相關情報。這也告訴我們：比起品牌本身，人們更相信品牌所提供的資訊。

即使不見面，也能贏得信賴的銷售者

無論賣什麼，我們都必須為了銷售商品，將值得被搜尋的資訊放到網路上。你必須

持續不斷地將資訊放到網路上，讓顧客能盡情深入探索產品與服務的資訊。而要提供值得信賴、足以吸引顧客的資訊，最好的方法就是學習良好的商業寫作技巧。

很多人都認為網路上的廣告、宣傳、行銷與商業文案，只要使用可以在一瞬間吸引消費者目光的聳動標語就好。然而，聳動的文案雖可以吸引網路消費者的目光，要促使他們購買還是略嫌不足。

被一行文字吸引的消費者，會想知道更多的資訊；也因此，你應該用心將消費者想知道的資訊整理得更有條理、更有邏輯。請試著運用O·R·E·O MAP，寫出值得信賴的文案，吸引現代這些多疑的消費者吧！

在網路上購物的消費者增加，同時也代表發生問題的時候，我們就必須得透過網路解決。

近來，比起親切的客戶服務，顧客更在乎的是能否盡快解決問題，這時你也可以利用O·R·E·O MAP回答顧客的問題。從結論開始寫起，然後再附上原因與依據，接著搭配範例做詳細說明，最後提出能讓客人滿意的提議，消費者可能就會停止發怒，進而成為你的支持者。

丟掉制式履歷，製作吸睛的個人履歷

「我在一九九五年進入韓國鐵道公社，二十年來一直擔任韓國鐵道公社的司機員，負責列車運行。同時也擔任社會公共研究院鐵道政策客座研究委員，每當發生鐵路事故、鐵路罷工等相關議題時，就會需要我提出當前面臨的問題與解決方案。」

這是很常見的自我介紹，就像是把履歷拼湊成句子，將一些事實羅列出來，卻感受不到任何情緒。

「我是一位鐵道司機。在二十年前參加鐵道公務員考試之後，便申請成為司機員。事實上，鐵道公務員的工作分成好幾個領域，而我想坐在這匹巨大鐵馬的最前方，飛越廣闊的山野，讓我的生活能遵循『起－承－轉－鐵道』的方式發展。我想如果我再更投入工作，說不定會有人問我懂不懂鐵『道』為何。」

這段文字節錄自《奔馳列車上的世界》（暫譯）的作者介紹。作者用說故事的方式描述自己成為鐵道司機的緣由，也讓我們得以窺見他的思考方式。

如果想成為一位好溝通的領導者，就必須要以別人能接受的方式來寫自我介紹。你需要的不是列出自己什麼時候從哪個學校畢業、進入哪間公司，現在是董事長、執行長還是什麼組長，而是要用自己曾經做過什麼事、創造怎樣的成果、住在哪裡、週末通常會做些什麼等內容創造出一個故事。

把自己最具吸引力的部分寫成故事之後，再把這段故事貼到自己的臉書、LinkedIn、部落格檔案上，肯定會獲得與眾不同的迴響。現在就開始試著寫出令人印象深刻的故事吧！

O·R·E·O MAP也可以用於業務報告

如果你只會等著顧客上門來買披薩，那未來你很可能會被機器人取代；但如果你知道如何說服原本不想吃披薩的人來買披薩，就可以在職場上存活很久。試著說服那些對你沒有興趣的人，讓他們願意為你花錢吧！那些為了尋找合適員工而查看你個人檔案的人，應該都會想知道這些資訊：

- 這個人在做什麼事情、之前做了哪些事情？
- 他擅長的事情是什麼？
- 什麼要關注這個人？
- 可以證明這一切的資料有哪些？

看也知道，這些其實就是O·R·E·O MAP的內容對吧？這時候就把O·R·E·O

MAP叫出來吧！

Ⓞ Opinion（意見）：

說明自己是這樣的人、做出了這樣的成果。

Ⓡ Reason（原因）：

以過去的經歷，說明足以證明個人主張的原因與依據。

Ⓔ Example（範例）：

以最令人印象深刻的例子說服對方。

Ⓞ Opinion / Offer（強調意見與提議）：

提出獲聘之後，對方可以期待些什麼。

透過臉書、部落格、公司內部平臺發揮存在感

「收到別人寄來的電子郵件時，我習慣去看對方的 LinkedIn 或是臉書檔案，有時間的話也會看對方最近在推特寫的內容。透過這些訊息，我能夠讀到商業資訊的脈絡，也就是所謂的個人背景。」

時任IBM副社長的珊迪‧卡特曾說過這樣的話。從現在開始，每當你接觸到新的人、新的事件或是新的事物，就先從搜尋開始吧！現在這個時代，無論一個人從事什麼工作、說什麼話，透過搜尋頁面找到的痕跡，都左右了別人對他的評價。現在我們已經沒有辦法反駁「如果網路上搜尋不到你，就表示你不存在」這句話了。

Google搜尋也能找到最輝煌的經歷

社群平臺就是你的名片、你的自我介紹；它是你的履歷，更是個人檔案。在到職跟離職的時候，我們每個人的社群平臺都會受到檢視，並決定了你能獲選或是落選。

「一個人即使有出色的履歷和個人作品，面試也獲得很好的分數，但卻沒有通過資歷查核，就容易在換工作時遇到瓶頸。因為我們沒辦法只靠履歷和面試，完全掌握一個人平時面對工作的態度、想法及同事對這個人的評價，所以必須更慎重地看待資歷查核這件事。」

這是曾任NHN社長的金尚憲先生撰寫的專欄內容。而社群監控工具的創辦人安迪・比爾，則說過以下這段震懾了所有人的話：

「選人時我不會再做額外的調查，但是會去Google看看對方，看看都搜尋到些什麼。」

如果能利用O・R・E・O MAP，以邏輯通順的方式描述出對網路使用者有用的內容，那經營社群平臺也不會是什麼困難的事情。

所以如果你想成為社群平臺上公認值得信賴、具備專業素養的人，同時又希望保有個人特色，就必須擁有出色的敘事能力。

想透過部落格跟你的讀者、客人、鄰居溝通嗎？想要用你的想法來帶領輿論發展嗎？那就用O・R・E・O來寫部落格吧！

只要創造出高水準的內容，你也能成為有影響力、值得信賴的意見領袖，更可以擁有眾多追蹤者、累積個人知名度。如果想透過社群媒體累積社群能量、成為有影響力的人，就在你的部落格上發表邏輯清晰、條理分明的短文吧。

用O・R・E・O MAP寫得更好 ⑪

培養迅速掌握知識的解讀能力

歷史上曾有一個機器人，它的目標是考進東京大學。這個機器人在嘗試四次後放棄了這個目標，它就是日本國立情報學研究所製造的人工智慧「Torobo-kun」。最令人好奇的其實是它失敗的原因，據說它會失敗是因為掌握文章脈絡、理解問題的解讀能力遇到了瓶頸。

在這個只靠創意就能瞬間致富的時代，我們最重視的能力就是創造力，創造力的基礎就是知識。以知識為基礎的意思，就是要了解當代的知識、具備批判性思考，並以此為基礎，發展出有創意的想法。在這一點上，高水準的解讀能力就能發揮很大的作用。

解讀能力是可以幫助人類不輸給人工智慧的能力，但我們卻陷入了不太閱讀、不好好閱讀，讀了也不知道該怎麼運用的窘境，這對創意和創新思考是相當致命的缺點。或許未來我們會像AI「Torobo-kun」一樣，在決定性的瞬間或需要解讀能力的時刻遭遇挫折。所以接下來，我將介紹該如何運用O·R·E·O MAP培養理解能力。

1. 用O－R－E－O四行整理重點

無論是書還是新聞，在你讀完後都應該要做重點整理，當然是要在不看內容的情況下整理。只要抱著讀完後要整理重點的想法閱讀，就會讓我們在閱讀時更加專注。

2. 檢查重點整理得夠不夠確實

自己檢查自己整理的內容並不容易，所以遇到這個情況時，可以拜託別人幫忙。

3. 用你整理好的重點來寫短文

就拿前面用OREO整理好的四行重點發展成四個段落，再加上一段引言，一篇短文就完成了。

如果你讀的資料是一本書，那就是要把一本書的內容整理成一篇短文。

如今被印在百元美鈔上、最能夠代表美國，但在幼年時期卻目不識丁的班傑明・富蘭克林，就是用這個方法來培養解讀能力。

用O·R·E·O MAP寫得更好 ⑫

如果要培養創新與創意的能量

「優秀的創意總是一閃即逝，無奈手邊沒有東西能夠記錄。」

榮獲諾貝爾經濟學獎，任教於紐約大學的保羅・羅莫教授強調，寫作是世界上最獨一無二、最簡單的創作行為。在一行字被某個人寫出來之前，這一行字並不存在於這個世界上。寫作過程中經歷的困難與混亂，本身就是創作的一部分，而寫作同時也是培養創意的工具。用O・R・E・O MAP歸納出自己的想法，再發展成一篇短文，進而將這些內容傳達給讀者的整個過程，就是一種創作。

如果想用寫作培養創意，就試著這麼做吧！首先讓我們從提問開始：

「如果……（What if）……」

這是發明家在發想時常問的問題。全球知名的工業設計師，出身自KAIST的裴尚民教授曾透露，他最特別的創意發想方式，就是「問問題」。

「以『如果……』這個方式來思考，可以幫助我們延續自己的夢想。我二十多歲剛踏入設計領域時，曾經想過『如果我是星巴克的設計總監』這個問題。」

我也是以這個問題為楔子，歸納出撰寫這本書的想法。

「為什麼明明說出來的內容都一樣，但有些人說的話比較容易被接受？」

「如果正確掌握詞彙的使用方式，溝通會不會更順暢？」

如果你能想到這裡，接下來就可以使用O·R·E·O MAP了。

Ⓞ Opinion（意見）：

如果想要語言和文字通順，就要熟悉詞彙的使用方法。

Ⓡ Reason（原因）：

因為比起事實，人更容易受到詞彙影響，獲得諾貝爾獎的◯◯曾經這麼說過。

Ⓔ Example（範例）：

二〇一七年發生的「殺蟲劑雞蛋」之亂，也是詞彙選擇與使用所造成的問題。

 **Opinion / Offer（強調意見與提議）：**

如果想擄獲聽眾的心，那就好好學習詞彙的使用方式吧。

像這樣用O·R·E·O MAP把內容整理好之後，就可以開始發展具體的內容了。

如何提升申論題的應答能力

大學入學考試制度如果大幅調整，在未來的考試中或許會開始出現申論題。目前教育當局認為，如果想培養能在意外情況之下，以與眾不同的思考能力解決問題的創意人才，就不能繼續採用現行以選擇題等題型為主的考試方式。所以教育部認為，中長期的大學入學考試應調整方向，朝能了解學生綜合判斷力與創意能力的敘事型、申論型題目發展。美國學生從小學開始，就會學習如何用寫作表達自己的意見、說服他人。他們會使用以圖形組成的O·R·E·O MAP，輕鬆有趣地學習邏輯寫作的技巧。

事實上不光是大學入學考試，只要是為了進入特定行業而準備論述考試的人，都應該使用O·R·E·O MAP。這就像組裝樂高一樣，事先蒐集好寫作素材再組裝就好，寫作原本就是這麼簡單有趣的一件事。只要懂得運用O·R·E·O MAP寫作，你就不會害怕作文評分了。你會發現寫作就像OREO餅乾一樣美味，就像樂高一樣有趣。

你是不是因為媒體都在說應該要學程式語言，所以趨之若鶩地送小孩去上程式語言補習班呢？

機器人科學家丹尼斯・康表示，學習程式語言需要邏輯思考；如果想培養邏輯思考能力，就不該讓孩子去程式語言補習班，應該讓他們讀推理小說。而我想說的是，幸好我們有O·R·E·O MAP這個工具，希望大家可以從小就讓孩子接觸O·R·E·O MAP，告訴孩子寫文章只要像組裝樂高一樣拼貼就好，藉此幫助孩子從小學習邏輯思考的寫作方式。

用O‧R‧E‧O MAP寫得更好 ⑬

培養有助創新的觀察能力

創意或創新，都是從對微小事物觀察之中的發現開始的。史丹佛大學的創意專家蒂娜‧賽利教授曾說，要培養觀察的習慣，就必須把看到的東西記錄下來、強迫自己養成觀察的習慣，才能更深入、更積極地投入周遭的世界，並且捕捉到新的機會與想法。

如果在偶然或深入觀察某樣事物的過程中，隱約發現些什麼的話，接著就可以開始一邊記錄、一邊深入思考。舉例而言，你可以把在畫家夏卡爾的展覽上所看到的東西記錄下來，並以這份紀錄當作範例，利用O‧R‧E‧O MAP進行整理。

首先我們要提出意見，這個意見是一種假設，為了證明這個假設，就必須用下列的步驟整理。你可能會在整理假設時遭遇困難，這時應該尋找資料幫助自己學習，如此就能寫出一篇在夏卡爾展上感受到的心得。

O Opinion（意見）：

觀賞色彩魔術師夏卡爾的展覽，讓我覺得藝術家必須多愁善感。

R Reason（原因）：

因為觀賞夏卡爾畫作的人，都能從他的作品中感受到深刻的情感。

E Example（範例）：

閱讀夏卡爾的自傳，也會發現他說自己是個多情的人。

O Opinion / Offer（強調意見與提議）：

如果我們也像夏卡爾一樣，用多愁善感的角度來看待這個世界，也許就能創作出屬於自己的藝術作品。

用這種方式寫出來的文章，就不會有任何錯誤，因為我們要做的只是把腦中第一時間浮現的想法當成假設，再用邏輯去驗證。用O·R·E·O MAP把自己的想法化為具體，想法就會自然發展，最後進化成令人意外的新穎創意。

用O·R·E·O MAP寫得更好 14

如何培養領先人工智慧的學習能力

哈佛大學每年要求一千七百多位新生學習寫作，就是為了幫助他們好好完成學業。如果不知道怎麼寫好文章，就無法配合課程的要求進行思考。因此無論學生主修什麼，哈佛大學都要求學生應該具備「學術寫作」能力，這也促使高達百分之七十三的哈佛學生參與寫作計劃、提升寫作能力，更積極參與大學課程。

在哈佛，無論什麼科目都會用寫作打分數。課堂上要交的報告、學期末的考試，都要求學生得把這段時間學習到的知識用文章整理出來。對哈佛學生來說，寫作是畢業的必修學分。

專家會吸收資訊

在哈佛大學主導寫作計劃的南希・索默斯教授曾說，只要用心聽課、考好考試就能畢業；但如果畢業後想在自己的專業領域成為專家，就必須培養寫作能力。

索默斯教授認為，只會考試的學生總是汲汲營營於尋找「固定的答案」，但如果擅長寫作，就能發現新問題並找出解決方案。所以無論你主修什麼，都一定要能用通順的邏輯寫作，才能寫出一篇好論文，研究結果也才能獲得認同。因此哈佛大學非常重視寫作教育，學生們總是從寫中學。

只要寫下自己學了什麼、感受到什麼、想了些什麼，我們就會以對自己有意義的方式來吸收、記憶這些知識。如果想要日復一日地接收不斷湧入的大量新知，就必須擁有學習的力量。用O・R・E・O MAP寫短文，正是培養這股力量的方法。

①學了些什麼、對這些東西有什麼看法
②為什麼會這樣想
③舉例說明
④那現在該做些什麼

你可以用O·R·E·O MAP幫助自己複習曾經學過的東西，再把這些內容寫成一篇短文，接著可以貼到社群平臺上或公司內部的留言板，儘量和別人分享。慢慢地，你會感覺學到的東西一點一滴地累積在自己身上。

無論一個人再怎麼有才華，也無法在一夜之間學會寫作的技巧。

——盧梭

你想像哈佛學生一樣練習寫作嗎？那就每天都寫篇文章吧！只要每天寫，你就會明白，自己究竟有沒有東西可寫；只要每天寫，你就會明白，你究竟能不能寫；只要每天寫，你就會明白，你究竟懂不懂手上的這些寫作題材。要每天寫，才能夠寫得好，也才會愈來愈想寫。

150 年歷史的哈佛寫作課祕訣

最後一課

熱愛寫作的哈佛人都怎麼練習？

寫作是在漫長人生中支撐你的肌肉

在這邊要再次提到TED的事。我身邊有很多人都跟我說，他們要去參加類似TED或「改變世界的十五分鐘」等演講節目。他們總來尋求我的建議，我會回答「你要先從邏輯思考開始，就從用O·R·E·O MAP寫短文開始練習吧」，但他們的表情總是很不情願。我想，他們肯定在想「我是要演講，談什麼邏輯、寫作啊」。

其實要在TED演講，撰寫腳本是最費心思的部分。演講過程中每一句話都要經過推敲，演講者也要將這些句子細膩地串聯成一份完整的講稿。

「演講者必須明確地讓聽眾知道，每一句話是如何以邏輯串連在一起。」

TED總監克里斯·安德森表示基於這個準則，演講中最重視邏輯說服力。無論寫作、演講還是說話，「有邏輯」這點就會讓人覺得「聽起來很像一回事」。誰會願意花十八分鐘去聽一個胡言亂語的演講？誰會願意花三分鐘去讀不知道在寫什麼的文章？邏輯思考能讓內容更通順，傳達思考內容則是維持工作與日常生活正常運作必備的基礎能力。哈佛大學花四年時間教學生寫作，其目標就在於提升學生的邏輯思考能力。

在閱讀、思考、寫作中度過四年

哈佛學生之所以能在社會各個角落發揮力量，不是因為學校很會教，也不是因為學生很能吸收學校教的東西，而是因為他們在四年中，為了寫作而思考、為了寫作而閱讀、為了寫作而寫作。

他們四年來總是「從寫中學」，無論是什麼技巧，如果想融會貫通，絕對不能只靠學習，還要花費時間與精力練習。在哈佛神學院教授寫作的芭芭拉・博伊格教授曾說：

「不學習寫作所需的技巧、不經過一連串練習就開始寫作，就跟沒經過任何訓練、沒做任何準備，就去參加棒球比賽的選手、去開演奏會的音樂家一樣。」

她主張，就如同要鍛鍊肌肉，每個禮拜必須做三次肌力運動一樣，我們也必須好好鍛鍊寫作的肌肉，以期寫出好文章。

如果我們能在自己就讀的大學花四年學寫作，那在這個靠寫作吃飯的時代，寫作應該就不會這麼讓人有壓力。不過幸運的是，我們可以從現在開始像哈佛學生一樣邊寫邊學，幫助自己擁有在未來漫長人生中足以支撐自己的武器。

像哈佛學生一樣從寫中學的方法有三個：

① 每天在固定的時間、固定地點，寫固定份量的文章。
② 決定一個主題，寫出約一千五百字左右的短文。
③ 拿給同事看或參加寫作課程，獲得別人的回饋後再修改內容。

不變的法則：文章都要從寫中學

「以前我寫文章時都覺得很困難，而且經常遇到瓶頸；嚴重時，甚至常有文章牛頭不對馬嘴的問題。」

哈佛大學法學院終身教授石志英，曾經談起他人生中極度渴望寫出一手好文章的時期。他的指導教授馬爾科姆看到他為了寫作遭遇挫折、難受的樣子，便建議他「試著把寫作變成一個普通的習慣」，教授建議他依照以下原則養成習慣：

「每天只寫一頁半，但絕對不能有一天不寫。」

用這樣的方式練習寫作，速度雖然快不起來，但卻能打下紮實的基礎，只要九個月就能夠寫出一本書，寫作也會慢慢成為一個令人愉快的習慣。

徐志英教授說馬爾科姆教授的建議是「神給的忠告」。他按照這位教授的建議，每天花一點時間寫作，養成習慣後，對寫作的恐懼與挫折便自然而然消失了。石教授也說一直到後來，他才知道自己之所以經常遇到瓶頸，其實是源自內心的恐懼。最後石志英教授也仿效他的老師，在個人著作中提到「每天寫一點點」以養成習慣，讓自己享受寫作這件事情。

不寫就絕不可能寫好

在哈佛大學長期教授寫作的南西・索默斯教授也建議，如果一個人想把文章寫好，最重要的就是養成每天寫作的習慣，即使只是短短的一篇文章也好。

「一天只寫十分鐘也好，要寫才會開始『思考』。從小開始持續閱讀、寫作的學生，到了大學就會展現出擅長寫作的特質。」

如果要說出寫作的困難之處，肯定要花上至少一天一夜的時間。或許你也會拿準備寫作準備得很累、擔心自己寫不好所以不寫之類的理由當藉口，也可能會說自己實在太忙所以沒時間寫，但其實寫不好的真正原因只有一個原因：

「不去寫。」

想寫出一手好文章，就必須先好好思考；如果想產出有創意的想法，就必須針對很多事情深入思考；經過思考再開始寫，才能寫出好內容。不過其實擅長寫作的人會採取不一樣的做法——他們總是會先寫寫看，因為他們知道，只要下筆寫，自然就會產生好想法。那些最棒的想法，總在開始下筆後才從腦海中浮現。

但無論如何，不管你拿什麼來當藉口，寫不好文章的原因都只有一個，那就是因為你不去動筆寫。

哈佛學生也是從寫中學，因為寫作的同時也能夠累積經驗。你想像哈佛學生一樣練習寫作嗎？那就每天都寫篇文章吧！只要每天寫，你就會明白，自己究竟有沒有東西可寫；只要每天寫，你就會明白，你究竟能不能寫；只要每天寫，你就會明白，你究竟懂不懂手上的這些寫作題材。要每天寫，才能夠寫得好，也才會愈來愈想寫。

該怎麼做才能寫出更好的文章？

每次瀏覽新手作者的文章時，我都會覺得十分尷尬，彷彿正在面對一個不僅沒有化妝，甚至剛從睡夢中醒來的演員。那些寄給寫作指導員，請指導員給予回饋的文章，亂到彷彿作者本人在寫完之後，從來沒有重新閱讀、修改過一樣。我認為這世界上只有兩種文章，也只有兩種作者：

「有修改過的文章，以及沒修改過的文章。」

「知道職業作家的文章或著作都有經過修改的人，以及不知道這點的人。」

靠寫作養活自己的人都知道，一篇文章在修改過前，甚至不能稱之為「文章」，只會是雜亂無章的「垃圾」，讀起來自然令人髮指。所以靠寫作吃飯的人絕對不會把修改前的原稿拿給別人看，就像為了要出門見人，都要先洗臉、仔細上好底妝，然後再用心打扮的演員一樣，文章也必須經過數次修改才能公諸於世。

你的文章都花費幾天幾夜的心血完成呢？如果你總是不去修改自己的文章，就表示至今為止你發表的都是垃圾。至今為止，我們都是以最後仍會再修改為前提下筆，所以千萬別忘記，修改是一篇好文章的必經之路。

當你想到一個寫作題材，用O·R·E·O MAP規劃好內容後，就可以把這個內容寫成短文，再經過數次修改，將文章修整成讓人想要閱讀、能夠輕鬆閱讀的樣子。請你試著精簡句子和段落，這麼一來原本像垃圾的文章，就會變得像完妝後的演員一樣，閃閃發光且簡單易讀。

修改文章也是一種技巧

我說要修改文章，很多人都會誤以為這是在說他寫得不夠好。但其實文章需要修改並不代表寫得不好，而是要研究該怎麼樣才能讓文章更好的意思。因為無論是誰來寫，都要經過數次修改，才能讓文章變得亮眼。哈佛學生也必須按照課堂上獲得的回饋修改文章，才能完成一篇短文。那我們究竟該怎麼做，才能完成修改文章這項作業呢？

1. 經過一定的時間之後再改

如果在為文章畫下句點後立刻開始改，其實不會有太大的效果。因為你還記得自己剛寫好的內容，這樣一來便無法客觀閱讀。建議你在經過一定時間之後，再著手進行修改，在自己幾乎已經要忘記文章的內容後再開始修改，才能達到最好的效果。

2. 列印出來，讓自己變成讀者

將文章列印出來閱讀，就能將你的立場從作者轉換成讀者，這樣一來更能掌握文章的脈絡與錯誤。你可以用紅筆或藍筆在列印出來的紙上標示錯誤，並一一修改、重新撰寫。

3. 大聲朗讀

其實把原本用電腦打好的文章列印出來讀，反而會不容易發現需要修改的地方，所以建議你把文章大聲朗讀出來，這樣就能發現不通順的地方。如果發現不通順的部分，就表示這裡的邏輯有問題。建議你重複大聲朗讀幾次發現問題的地方，修改自己的想法。

大聲朗讀可以幫你更快發現句子的錯誤，我們也能藉此找到句子疏漏的結構、哪裡用到錯誤的助詞或連接詞等等，比較瑣碎的細節。

4. 改錯字時也要顧及文章脈絡

發現錯字就應該要修改對吧？但如果只改錯字，就很有可能會破壞文章脈絡、扭曲文意。所以修改錯字之後，必須連同上下文一起重讀一遍，確認這個修改有沒有問題。

建議各位要養成在修改錯字時同步檢查文章脈絡的習慣。

5. 社群測試與訓練

獨自寫作是不會進步的。要有人看你的文章，你才會想要進步。你要持續讓自己的文章曝光，才會熟悉有人在閱讀自己的創作這件事。

就像是透過文章表達內心一樣，你要幫助自己漸漸熟悉公開個人創作的抗拒感；如果開始有人挑你文章的錯誤，你也會愈來愈禁得起挑戰。所以我建議各位可以在社群媒體上寫作。如果開始每天有讀者來閱讀，你就能漸漸感受到寫作的樂趣。

擅長寫作的人都想收到回饋，無一例外

這是現任軍法官在留學哈佛時期的故事。他在哈佛大學是排名全校第一，當時哈佛畢業生一千五百五十二人當中，只有兩人拿到畢業學分滿分4.0的成績，他就是其中一位。同時，他也是哈佛大學部第一個以全校第一名畢業的韓國留學生。這位法官只用三年時間就完成別人四年才能完成的學業，甚至還獲得經濟學系第一名和最佳畢業論文獎；他同年九月進入美國耶魯大學法學院就讀，這位留學生的名字叫做陳權容。

他究竟是用什麼方法學英文、如何練習寫作，才能在如此看重寫作的哈佛大學以第一名之姿畢業？他曾在一篇訪問中回答過這個問題，這引起了我的關注：

「我會每天寫短文，並請指導教授給我回饋。」

在哈佛大學教寫作超過二十年的南西・索默斯教授曾造訪韓國。她曾說，考進哈佛大學的韓國學生雖然很優秀，但卻不太擅長把個人優點寫成文字，所以無法獲得太高的評價。

她也強調「想進哈佛大學，就必須寫好短文」，並建議最好的方式是讓學生閱讀彼此的文章、相互給予回饋，以協助對方修改。

透過閱讀其他人的文章學習

丹尼斯・康教授是位機器人專家，據說他剛當上教授時，做最多的事情就是為了申請研究經費寫提案、請領補助金。為了填滿整份提案書，他必須熬夜研究、撰寫提案，最後再把提案書交出去；但換來的只是無止盡的落選、落選、落選、落選……。

一位財團的代表實在看不過他這樣為提案煞費苦心，便建議他好好看看自己交給財團的研究提案。以此為契機，丹尼斯・康開始閱讀其他教授的提案書，深刻認知到該怎麼寫提案書、寫出什麼樣的提案書才能獲得正面回應。

丹尼斯・康教授在自己的著作中揭露，透過這種方式了解提案問題所在之後，他也成了很會申請補助的教授。讓別人閱讀自己寫的文章，並請對方以同事的身分給出意見，比閱讀十本書要來得有效。

我們在國內很難有系統地學寫作，也不容易在課堂上獲得回饋。索默斯教授提到的同事互評技巧，是指儘量多閱讀同事寫的文章，同時也讓自己的文章獲得他人的評價，才能知道自己的缺點在哪裡、該如何改善。不過我們常常不喜歡把文章拿給別人看，也害怕接受別人的評價；更重要的是，我們的寫作經驗不足，也沒有足夠能力在閱讀同事的文章之後，給出能有所幫助的回饋。

不過對哈佛學生來說，給予回饋是日常生活的一部分。讓自己寫的文章獲得回饋，再依照回饋修改、提升完成度，是有助提高文章水準的事。獲得回饋並修改文章內容，能讓我們針對主題進行更多、更深入的思考；也會因為有人給予回饋，而有機會從不同角度看待原本的主題。

回饋的重點並不是挑人錯誤、承受指責，而是要藉著別人的幫助，解決自己在寫作時遭遇的困難。

能寫得一手好文章，並不是來自於你在寫作課程上習得的技巧，而是在寫作過程中獲得回饋、配合回饋修改所累積下來的實力。在建立一個寫作題材，並將該題材發展成短文的過程中，必須經歷無數的修行、經驗的累積，才可能讓一個人具備寫出一篇好文章所要求的感受與能力。

用O・R・E・O MAP寫得更好 ⑮

要遇到這樣的專家，才能獲得好的回饋

如果一位寫作者能獲得專家的回饋，就能夠提升思考的水準和文章的完成度。一位優秀的寫作專家在提供回饋的過程中會確認寫作者的問題，並且提供改善方法。

① 主軸是否夠明確？
② 訊息是否夠明確？
③ 訊息是否有邏輯？
④ 是否寫出有說服力的內容？
⑤ 句子的敘述方式是否合宜、有趣？
⑥ 提出的事實是否為真？

⑦ 提到敏感的內容時，是否可能引發任何爭議？

⑧ 文章長度是否恰當？

其實除了升學班負責作文課程的講師外，很少有人能針對文章提供專業回饋，所以在尋找專家時，我們必須考慮很多因素。

像是這個人應該要能以你寫出的內容為主題，與你進行深入的對談，幫助你掌握自己究竟想寫什麼、想寫的原因、了解你的創作意圖，並且試著引導、建立符合創作意圖的資訊。

同時，專家也必須能提供解決問題的對策、點出問題發生的原因、預防的方法等；也必須對寫作有深入的認識，且具備足以說明寫作知識的技巧。我們要尋找的對象，應該是在寫作上有一定造詣，可以立即提出示範方案，要你「用這個方法試試看」的人。

如果你有能力，準確地敘述個人精準且深入的觀察，這將能讓你能以更精準、更深入的目光觀察之後發生的事。如果能將想法化成文字，而不只是在腦海中想像，那麼你所寫下的觀察，也將對你帶來最深刻的衝擊和影響。

——塩野七生

後記
不要讓寫作成為你的絆腳石

這是全美國歷史最悠久、擁有三百八十四年傲人歷史的大學。它培養出眾多全球五百大企業執行長、四十七位諾貝爾得獎者、三十二位國家領袖及四十八位普立茲獎得獎人。這是比爾蓋茲、馬克・祖克柏等知名企業家曾就讀的學校，它同時擁有世界首創MBA課程，商學研究所的所有學生年薪加總起來傲視全球。

「哈佛大學連續七年奪冠」

在《華爾街日報》（WSJ）與英國泰晤士高等教育世界大學排名（THE）共同舉辦「二〇一八年五十大頂尖美國大學」評選中，哈佛大學再度蟬聯冠軍。這個排名由將近十九萬名學生與畢業生共同評選，以畢業後的年薪、學以致用的程度做為評價標準。從結果來看，哈佛絕對配得上全球最頂尖大學這個頭銜。

我在寫這本《一百五十年歷史的哈佛寫作課祕訣》時，才終於了解到為何出身哈佛的人能在社會上發光發熱。現在我能自信滿滿地告訴大家，為何哈佛大學的影響力會如此強大，我可以大聲地說：這一切，都是因為哈佛持續推廣寫作教育的緣故。

哈佛大學的寫作課程不單只是培養「寫好短文」的技巧，而是幫助學生培養出發揮個人影響力說服他人的能力。只要能夠把文章寫好，將重點歸納得簡單明瞭、寫成簡單易讀的文章，並具備足以寫出一篇完美文章的完善思考能力，就代表一個人可以成為自己的主宰，掌控自己的人生。

我認為哈佛大學已經達成、正在達成，也即將達成的成就，正是因為他們透過寫作教育，幫助每一位學生培養出這樣的能力。我想，這也是哈佛會在這將近一百五十年的時間裡持續推動寫作教育的原因。

去年A大學理工科系短期學院的B院長問我：

「可不可以請您教我們的學生如何寫作？」

我曾經有在KAIST教授溝通技巧五年的經驗，因此知道理工科系的學生如果能發揮溝通能力，無論是對學生本人、學校或是社會都能帶來正面的影響，所以我欣然答應：

「請幫我安排一年的課程吧，至少要讓學生花一年的時間學習寫作、為寫作思考，這樣他們就能擁有一輩子受用的寫作能力。」

原本只打算「開個一學期寫作課」的院長聽完後，便表示他會嘗試說服學校，我雖然回答「我願意等」，但最後我並沒有等他。因為我知道要去說服學校並不是件容易的事情。

即使院長說他會努力看看，但我畢竟不是那所學校的教師，學校不可能讓一個外來人士開設一堂為期一年的課程；而且大多數學校都認為，只要利用半年的國文通識課程就能打發「寫作」這件事。

自此之後，只要聽聞B院長或是該學校的名字，我總會稍微碎念：

「有人引頸期盼為期四年的寫作課程，甚至在畢業後還想繼續學寫作……卻有些知名大學……」

現在就立刻投資你的寫作能力吧

身為哈佛第一位女校長，德魯・福斯特（Drew Faust）蔚為話題人物。她和全世界大多數的政治領袖一樣，也是主修人文與社會學。她強調有七成五的企業領袖認為，最重要的工作技能就是寫作，同時也表示寫作是人文學最主要的能力。哲學家兼《里斯本夜車》的作者帕斯卡・梅西耶（Pascal Mercier）則認為，「能擺脫那些不知何時何地開始附加在自己身上的片段想法和語言，不再受旁人的影響，以更寬容的視角、更博愛的想法描述這個世界和自己，才能稱作是有素養的人」。

所以也請你用寫作來投資自己的個人素養吧！用寫作培養思考能力，讓自己擁有批判性思考、分析、判斷、觀察、表現、說服的力量。寫作時請站在讀者的角度思考、為讀者著想，培養出足以引發他人共鳴的能力，才能讓自己不被人工智慧取代。

投資寫作之所以吸引人，是因為即使兩手空空也能立刻開始。無論你從事什麼工作，只要打開電腦就可以開始學習寫作。這種投資也沒有風險，不必買水彩、不必買小提琴，只要有一臺家家戶戶都有的電腦就能完成。

我曾經寫書寫到一半跑去打電話給兒子，跟他說「我希望你重考大學，希望你可以考上哈佛」。

才剛退伍回去讀大三的兒子，可能無法相信我竟然會有這種想法，但我是真心的。

我接著以顫抖的聲音說：「你要是能考上哈佛，媽媽肯定拼死讓你去唸。」因為我覺得如果能在哈佛學習寫作，那即使我無法給他什麼好資源，他也能靠自己的想法應付未來的人生。

「我的老師是對我的人生帶來重大影響的人，也是我最重要的人。我的思考方式、寫作技巧都是跟老師學來的，我至今還是會跟老師聯絡、見面。」

這是哈佛前校長德魯・福斯特曾說過的話。我之所以寫下這本書，也是希望能幫助大家學會「思考的方法」與「寫作的方法」，期盼這份心意能夠傳遞給你。

在序文中，我曾經提了一個問題，我現在就揭曉答案：

「為什麼還待在這裡呢？現在就去寫文章吧！」

附錄

建議各位在練習用 O.R.E.O Map 整理寫作素材時，可以建立一個工作表單，將自己的想法跟資料填進工作表單，一邊確認資料、一邊思考。

掃描下載電子檔

工作表 1 用 O.R.E.O Map 建立寫作大綱

意見
Opinion

理由與依據 Reason	範例 Example	強調意見、提議 Opinion / Offer

T 讀者		建立主旨 意見 + 提議 如果………， 就……吧， 因為……。	
I 想法			
P 具吸引力的提議			

用 O.R.E.O Map 整理寫作素材	Opinion 提出意見
	Reason 原因與依據
	Example 舉例
	Opinion / Offer 強調意見、提議

工作表 2. 用 O.R.E.O Map 完成文章段落

引言	
Opinion 提出意見	
Reason 提出原因與依據	
Example 舉例	
Opinion / Offer 強調意見、提議	

工作表 3. 用 O.R.E.O Map 寫短文

Opinion 提出意見	核心主旨	
	補充說明 1	
	補充說明 2	
	整理	
Reason 提出原因與依據	核心主旨	
	補充說明 1	
	補充說明 2	
	整理	
Example 舉例	核心主旨	
	補充說明 1	
	補充說明 2	
	整理	
Opinion / Offer 強調意見、提議	核心主旨	
	補充說明 1	
	補充說明 2	
	整理	

工作表 4. 哈佛五段式短文

引言

主要訊息
Opinion

原因、依據
Reason

範例
Example

結尾、強調／提議
Opinion / Offer

150 年歷史的哈佛寫作課祕訣：

讓哈佛學生一生受益的寫作課程，贏得讀者信賴、提升文章價值的「O.R.E.O MAP」寫作法則

作　　者　宋淑憙
譯　　者　陳品芳
執行編輯　顏妤安
行銷企劃　李雙如、謝珮菁
封面設計　陳文德
版面構成　呂明蓁
發 行 人　王榮文
出版發行　遠流出版事業股份有限公司
地　　址　臺北市南昌路 2 段 81 號 6 樓
客服電話　02-2392-6899
傳　　真　02-2392-6658
郵　　撥　0189456-1
著作權顧問　蕭雄淋律師

2020 年 6 月 30 日　初版一刷
定價　新臺幣 350 元

ISBN　978-957-32-8793-3
遠流博識網　http://www.ylib.com
E-mail　ylib@ylib.com
（如有缺頁或破損，請寄回更換）

圖書館出版品預行編目 (CIP) 資料

150 年歷史的哈佛課寫作課祕訣 / 宋淑憙著 ; 陳品芳譯 . -- 初版 . -- 臺北市 : 遠流 , 2020.06
面；　公分
ISBN　978-957-32-8793-3(平裝)
1. 寫作法

811.1　　109006758